血か、死か、無か？

Is It Blood, Death or Null?

森 博嗣

講談社
タイガ

イラスト――引地　渉
デザイン――鈴木久美

目次

Is It Blood, Death or Null?

by

MORI Hiroshi

2018

血か、死か、無か？

戦争というものは、いずれ判明するだろうが、単に必要な破壊行為を成《な》し遂《と》げるだけではない。それを心理的に受け入れやすいやり方で成し遂げるのである。寺院やピラミッドを建てたり、掘った穴をまた埋めたり、或いは大量の物資を生産した後、それらを焼却するといった方法によって世界の過剰労働力を蕩尽《とうじん》するというやり方は、原則としては実に簡単である。

(Nineteen eighty-four / George Orwell)

登場人物

ハギリ -- 研究者
キガタ -- 局員
ウグイ -- 局員
アネバネ --------------------------------------- 局員
モロビシ --------------------------------------- 局員
シモダ -- 局長
デボラ ------------------------------ トランスファ
アミラ ------------------------------------- 人工知能
ヴォッシュ ---------------------------------- 科学者
ペィシェンス ---------------------------------- 助手
ガミラ -- 囚人
シマモト ------------------------------------- 研究者
タナカ -- 研究者
カンマパ --------------------------------------- 区長
モレル -- 資産家
ジュディ --------------------------- トランスファ
クリスティナ ------------------------- 人工知能

プロローグ

大雑把《おおざっぱ》にいえば、僕の夢はリアルだ。おそらく、現実がそれだけ曖昧《あいまい》で抽象的で、しかも夥《おびただ》しく不連続だから、その欠落を補っているのだろう、と想像できる。その最たるものが、デボラの出現である。彼女はリアルでは存在しない。物体ではないからだ。そして、僕の夢の中へ自然に侵入してくる。なにしろ、デボラは眠らないのだから、彼女には夢を見る体験がない。僕に対して、それと同等のコンディションを要求したくなるのも無理はない。夢の中の僕の方が、彼女に集中できているようだし、その場が純粋な思考環境にある、と彼女が認識していることはほぼまちがいない。

それでも、毎日の夢に彼女がいつも登場するわけでもない。これは想像だが、遠慮をしているのだろう。彼女には、僕の夢が見えないのだ。つまり、そこにいれば同じ体験ができるというわけではない。むしろ、彼女と僕の間の体験は、大部分が僕の側にある。僕は、彼女と同じ空間にいる自分をイメージできるし、夢ではそれがまったく現実と同等の確からしさとディテールを有しているからだ。

もっとも、彼女の思考回路においても、同様のイメージが再現されている可能性は否定できない。この点については、彼女に尋《たず》ねたことがない。非常にプライベートで、尋ねにくいテーマだ。人工知能にもプライベートはあるはずだ。なければならない、と僕は信じている。

デボラと出会うまえから、僕にとって既に、夢はこの上なく重要な時間だった。僕は、夢の中で研究テーマについて考え、そしてときには、のちのち問題解決に至るような有益なアイデアを思いつくことだってあった。そういう思いつきがあったときには、自分の目を覚ますようなこともできた。このまま寝ていたら忘れてしまうかもしれない、という恐怖が、僕を目覚めさせるのだ。ただし、現実に帰還した段階において、そのアイデアの価値が色褪《いろあ》せない確率は十パーセントほどである。補足しておくが、夢ではない現実での発想においても、この確率はさほど変わらない。

そういった、筋道が通った理屈によって導かれる夢のほかにも、さまざまな形態の夢を僕は見る。リアルが完全で、夢が不完全だとは考えていないものの、たしかに夢の不完全さというのは、耳鳴りや頭痛のように前触れもなく湧《わ》き起《お》こり、生理的に受けつけられない気持ち悪さを伴うものだ。

子供のときや学生だった頃の体験をベースにしたストーリィは、夢の劇場で頻繁《ひんぱん》に上映される定番だ。たいていの場合、どこかへ出かけていく物語で、遠足とか、あるいは学会のための出張とかである。知らない場所、知らない街で、僕は不慣れさと不安さを抱《かか》えたまま、とんでもない失敗をしたり、忘れ物をしたりして、時間に追い立てられる。抽象的にいえば、顔見知りのいない社会で、僕だけが自分のノルマをこなそうとしている、というパターンが決まっている。

不思議なことに、非現実的な事象は夢の中に現れない。突飛《とっぴ》な事件も起きない。怪獣が出てきたり、超能力者が登場するような妄想的なイベントもない。もうすっかり忘れてしまったが、子供のときにはその類《たぐい》の夢を見たような気もする。おそらく、そういったフィクションのインプットがあったためだろう。しかし、研究者になり、科学という強力な秩序に支配された頃から、夢の中でも奔放《ほんぽう》さを失ったといえる。ただ、僕はその点に安堵《あんど》している。怪獣が出てくるような社会は、やはりあってはならないものだ。恐怖も冒険も、できるかぎり避けたい。それが普通の人間の普遍的な希望なのではないか、と思っている。

ところが、現在の僕の現実は、その夢をはるかに通り越してしまったようだ。幸い、怪獣は現れないけれど、銃撃があり、爆発があり、さまざまな危険が僕のすぐ近くで、まるで花火のように煌《きら》めくのである。明らかに、夢と現実が逆転したと分析できるだろう。

だから、久し振りに意味不明な夢を見たことに、なんともいえないリアルさを感じてしまった。

その夢の異様さに目が覚めて、部屋のライトが灯《とも》ると同時に時計を確認した。午前三時半だった。まだ夜明けまえだ。というか、ベッドに入ってまだ二時間。もちろん、僕が寝ている寝室には自然光は入らない。夜明けどころか、季節さえ入ってこない。

鼓動がまだ速く、慌てているのがわかった。目の前になにかあったのだ。だが、明かりがついた今はない。いつものとおりの殺風景なインテリアばかり。

「何だ、今のは……」僕は呟《つぶや》いた。

そして、自分が見た映像を、頭の中で再生しようとしていた。それは僅《わず》か一秒か、その半分くらいの時間の動画で、どろっと溶けたオイルのような黒い液体が、天井《てんじょう》から垂れ下がっている光景だった。

「どうかしましたか?」デボラが尋ねた。

「夢を見ていた……、のだと思う」

「なにか私にできることがありますか?」

「いや、大丈夫」僕はまだ、そのどろどろとした映像を見ようとしている。「何だろう、何を見たのかな……。オイルみたいだけれど、暗闇だったから黒く見えただけかもしれない。なにかが、溶け出して、天井から……、伝っている感じ、う～ん、すぐ近く、手が届くくらいに、海藻《かいそう》みたいなものにも見えた。濡《ぬ》れているように光を反射していて……」

「それが、博士の目の前にあったということでしょうか?」

「そう、顔の近く。一メートルくらいかな。だから、早くなんとかしないと、下のものが汚れてしまう、と思って飛び起きたんだ」

「そこに至るまでのストーリィは、どのようなものだったのでしょうか？」

「いや、それがね……。なにもなかったように思う。突然、その映像を見た。夢の続きとか、夢の一部ではなかった。だからこそ、目が覚めて、目を開けて見た現実だと勘違《かんちが》いしてしまったんだ」

「照明が灯るのは、博士の目が開いて、約三秒後です。精確には瞳孔《どうこう》の確認がされて三秒です」

「今は、僕が飛び起きたから、それでセンサが反応したみたいだ」

「そうです。照明を点《つ》けたのは私です」

「そうだったのか」僕は溜息《ためいき》をついた。

「脈拍、呼吸、体温、血圧には異常がありません」デボラは事務的なトーンだった。僕を落ち着かせようとしているのだ。これらは、ベッドに装備されたセンサが測定して、それをデボラが参照している。

「とにかく、なんでもないようだ。寝直すよ」僕はベッドで横になった。

照明が消えた。デボラも黙った。

僕は、しかし、その映像のことを考え続けていた。

そもそも、僕は過去に見たものを思い出すことがあまりない。ショッキングなものにときどき出会って、その場では大いに驚くのだけれど、それがその後何度も頭に浮かび上がるようなことはない。

最近のことでいえば、親友だった人が、火達磨《ひだるま》になって崩れるシーン。その時の火炎の輝かしさ。それは、いつでも鮮明に思い出せる。でも、突然脳裏に現れて、僕に恐怖を与えるようなことはなかった。ただ、ああ、あれが最後だったな、という感慨があるだけで、気持ち悪さを感じるような対象ではない。

しかし、黒い海藻みたいなオイルは、気持ち悪かった。どろどろとして、触りたくない存在だった。今にも滴《したた》り落《お》ちてきそうで、咄嗟《とっさ》に身を引いていた。こういうのは、恐怖とは少し違う。何だろう？　恐《こわ》いわけではない、ただ気持ち悪いのだ。

実験でも、あんなオイルを使ったことはない。これまでの人生で、あれに近いものを見たことがあっただろうか、としばらく考えたのだが、なにも思いつかない。

なにか意味があるのではないか。そう思えた。理由もなく、あんな鮮明な映像を見るだろうか。

「お話をしてもよろしいでしょうか？」デボラが囁《ささや》くようにきいた。

「いいよ」僕は返事をする。まだ起きていることを彼女は感知したようだ。

「可能性を演算してみましたが、優位なものはありません」

「優位でないものがあるんだね？」

「はい」デボラは頷《うなず》いた。僕は目を瞑《つぶ》っていて、彼女の姿をイメージしているから、そのイメージの彼女が頷いたということで、頷かせているのは僕の頭脳である。ちなみに、イメージの中で、デボラはカンマパというナクチュのリーダの姿だ。これも、一貫していて、今さら別の姿に換えることが、僕にはできなくなってしまった。

「もし、この場所にトランスファがいれば、博士のメモリィチップに映像情報を書き込むことは可能です。しかし、ここには、一般の信号が入り込む隙《すき》はありません。また、万が一そのような事態になったとしても、私がその信号を検知できます」

「うん、そのとおりだと思っている」

「となると、博士がこの場所にいないときに、書き込まれた情報だということになります」デボラが言った。

「ちょっと待って」僕は一瞬考えた。「だったら、その書き込まれた時点で、つまりその場で、その映像を私は見ることになるのでは？」

「はい、そのとおりです。そうならなかったのは、なんらかの方法で遅延作動するプログラムを伴っていたのではないでしょうか」

「遅延？　ああ、つまり、その場では圧縮された信号で見ることができない。情報自身に、解凍して展開するプログラムが付随していて、そのために、遅れて信号が活性化する、みたいな感じかな？」

「そうです」

「その場合、君にはそれが検知できないわけ？」

「私は、博士のメモリィチップの全域を常にスキャンしているわけではありません。そのようなことは、失礼だと考えているためです」

「なるほど」僕はひとまず頷いた。「しかし、疑問が二つある」

「はい」

「一つは、メモリィのストラクチャ上で展開可能なプログラムが存在するのか、という問題です。通常、メモリィチップは、そういった活性を回避する自己浄化作用を有しています」

「私もそう認識している。ということは、その作用を無効にするなんらかの方法があるということになるね」

「疑問のもう一点は、何のために遅延させたのかです」

「何のためだと思う？」

「有力な候補が見つかりませんが、もちろん、潜伏させることによって、アクセス経路などを発見されにくくする効果があります」

「うん、まあ、そんなところかな。えっと……、私は、もう一週間近くここにいる。ニュークリアから出たのは、この近所の散歩のときだけだ」

「そのときには、私が博士のプロテクトをしていますので、可能性は低いと考えられます。最も可能性が高いのは、インドへ行かれたときです」

「えっと、ウグイと行ったとき?」

「そうです。あのとき、ケルネィ氏の館が火事になり、停電した関係で、一時的に私は博士の護衛ができない状態になりました」

「でも、それならば、私にそのウィルスみたいなものを仕込んだ奴《やつ》だって、ネットが使えなかったはずだ」

「そのとおりです。別の経路のネットワークも調べてみましたが、衛星中継も含めて、痕《こん》跡《せき》は認められません」

「それじゃあ、どんな可能性が残っているわけ?」

「さらに数日まえになりますが、博士が生命科学研究所に行かれたときです」

「ああ、ペガサスに会いにいったときだね」

「あのとき、私は、生科研の中に入れませんでした」

「でも、普通のアクセスもできない場所だ」

「そうです。しかし、それよりまえになると、あまりにも潜伏期間が長過ぎるように思えます。この種のものでは一週間程度に設定するのが一般的です。一週間で記録を更新する監視システムが一般的だからです。しかし、それ以上長くする意味は認められません。

ウィルスの活動期間が短縮されるので、効率が低下します」

「一般的ではないところを狙《ねら》ったのかもしれない」

「生科研でウィルスが侵入した可能性を、アミラは支持しています。それ以外の場所よりも可能性が三倍高い数値になります」

「気持ち悪い幻を見せて、どうするつもりなのかな？」

「それはわかりません。博士は、なにか心当たりがありませんか？」

「ないね。私には効かないウィルスだったのかもしれない」

「注意をした方が良いと思われます」

「そうかな。この際だから、メモリィチップを交換してしまう手はあるね」

「大きな危険はないものと推定されます。メモリィチップは、精神に致命的な打撃を与えることは不可能です。そのように設計されています」

「わかった」僕は溜息をついた。「とにかく、もう寝るよ」

「失礼しました。おやすみなさい」

ウィルスなんて用語を持ち出されたためか、ますます目が冴《さ》えてしまった。しかし、とにかく、目を瞑って、じっとしていることにした。だいたい、こうしていれば、僕は考えながらだって、知らないうちに眠れてしまうのだ。

僕自身は、デボラが話していたウィルス説にはあまり賛同できなかった。技術的に難しいと思われたし、また、もしできたとしても、あれを見せるだけでは、意味がわからない。そう、映像にメッセージ性がないのが問題だ。もっと、それを見た者に明らかでわかりやすい反応をさせなければ、ウィルスとして稚拙すぎる。そこが不可解だ。否、このように、わけがわからない思いをさせるために仕込まれた、と考えるならば筋が通る。でも、それが何だというのだろう。

僕は、もっと別のものをイメージしていた。それは、人間がときどき抱く予感のようなものだ。つまり、外部から入り込んだメッセージではなく、僕が無意識に弾《はじ》き出《だ》した演算結果なのではないか、という可能性である。それをまず一番に思いついたのだが、さすがに言葉にして伝達するほどの根拠がない。科学的に支えられない論理だ。

また、もう一点、痼《しこ》りのようなものが残っていた。

デボラが可能性として挙げてきた候補は、実は、僕が可能性の一つとして勘定していた仮説だった。それらをまとめて、僕は一つと考えたのだ。このアバウトさが、人間らしいといえば人間らしいだろう。

そして、僕が考えたもう一つの可能性は、デボラ自身が、僕にその映像を仕込んだ、というものだった。これがデボラの演算結果に現れない理由は、もちろんわかっている。自身の不完全さを、人工知能は低い確率で見積もる傾向を持っているはずだ。観測は正しいという信念に立脚しなければ、演算が不安定になる。人間には当然あるその揺らぎが、コンピュータにはない。

そうだとしても、ある程度の域に到達した知性であれば、自分を疑うことはできるはずだ。デボラがその可能性を挙げなかった理由は、きっと僕を不安にさせないためだったのだろう。それが優しさというものかもしれない。そう解釈するのは、僕の彼女への優しさでもある。

でも、どうだろう。僕がそれを疑うことは予想できたはずだ。それを取り上げないことで、むしろ僕の疑惑が大きくなることだって充分に予想できる。今頃、デボラはアミラに相談しているのではないか、と僕は疑った。それとも、こんな寝たふりをせず、すぐにも彼女に手を差し伸べるべきではないか。それが、人間としての優しさではないのか、とも自問した。

ただ、本当に眠くなってきたので、なにもかもが面倒になってしまった。何が面倒だったのか、ということも考えられない状態になった。あのオイルの映像がまた現れたら、今度はじっくりと見てやるのに、とも思いついた。でも、それを見ることなく、朝までぐっすりと眠っていたようだ。

目覚めたときにも、その映像のことをすぐに思い出した。朝食は抜いて、コーヒーを飲みながらモニタに向かっていると、助手のマナミが部屋に入ってくる。この頃の彼女はいつも黄色いボードを持っているが、それはモニタにもなるし、コーヒーを運ぶトレィにもなるグッズである。

数値計算のメニューと、既に結果が出ている半分ほどのデータについて、おおむね予想どおりだ、ということを言いにきただけのようだ。僕が既にコーヒーを飲んでいたので、来なくても良かった、という顔にも見えた。

「面白くないですね」彼女は言った。

「何が？」

「え？　ああ、すみません。結果がです」

「意外な結果が得られないのは、まあまあ良いことだよ」

「そうなんですか」

それ以上、僕が応《こた》えなかったので、マナミはお辞儀をして部屋から出ていった。どう補足しようか、と考えていたのだ。つまり、仮説が正しければ、結果は順当なものになる。意外な発見がない方が良い。それでも、なんとなく、イレギュラなものを求めてしまう感覚はたしかにある。そういうものを人間は、面白い、と評価する傾向にある。意外なものに出会ったとき、人は笑うし、興奮するものだ。

多くのエンタテインメントが、これをやり尽くしていて、人々は面白いものが目の前に現れる日常を楽しみすぎた。だから、意外なものが展開するのが日常になっている。きっとそんなところだろう。僕が特別なのだ。そういうものを極力見ない生活をしているし、いわゆる「遊び」のような行為からすっかり遠ざかってしまった。

遊びって、何だろう、とふと考えてしまうほどだ。

そういえば、このまえ、キガタとアネバネはテニスをしていた。勤務中にだ。それをした方が怪しまれないから、テニスを楽しむ演技をしたらどうか、と僕が言った結果だった。でも実際に、二人を見た者は、若者が楽しんでいる、と受け止めただろう。僕にだって、そう見えた。

人間が生まれにくくなって、子供が少なくなって、遊ぶ人間の数は減っているといえるのだろうか。たまたま、僕の近くでは「遊び」がほとんど観察できない。自身の体験としても、VRの映像を見るくらいしか思いつかない。それは、むしろ現実に近いもので、遊びとはいえないような気もする。

三時間ほど仕事をしたところで、散歩に出る時刻になった。散歩は、スケジュールとして登録されている。ドアがノックされ、キガタが姿を見せた。散歩では、彼女を連れて歩くことになっている。

キガタ・サリノは、僕の現在のボディガードである。ニュークリアの地下深くで、僕は居室と研究室の間を移動しているだけだが、散歩は、いちおう屋外に出る。過去に何度か命を狙われたこともあり、万が一の事態に陥《おちい》らないように護衛がつく。しかし、この頃では、危険度はずいぶん下がったように思われる。まず、デボラが僕と一緒にいることが大きい。以前のボディガードであるウグイに比べると、キガタはまだ新米で頼りないけれど、こういった人事異動があったのは、デボラの登場に起因しているのかもしれない。

長いエスカレータを上っていくとき、僕は後ろを振り返った。キガタがすぐ後ろに立っている。目が合った。

「どうかしましたか？」彼女がきいた。

「君は、趣味は何？」僕は尋ねた。

「趣味ですか？　何の趣味ですか？」

「いや、えっと、どんなことをして遊んでいるの？　つまり、休日とか、オフタイムのときに。たとえば、フィクションの映画を見るとか、音楽を聴くとか、ゲームをするとか……」

「あまり、そういったことはしません。訓練のための準備で忙しく、オフタイムでも、学習しなければならないことが沢山《たくさん》あります。遊んでいる暇はありません」キガタは淀《よど》みなく答えた。

「あそう……。それは、なんか、可哀相《かわいそう》だね」

「そうですか。先生も、お忙しくされているようにお見受けしますが」

「うん、そう言われてみれば、そうかも」

「散歩をされることが、先生の趣味ですか？」

「これは……、そうだね、趣味とか、遊びとはいえない。単なる、息抜きだね」

最後のドアを抜けて屋外に出た。ガードマンが、こちらを睨《にら》んでいる。ニュークリアの敷地《しきち》内は、人工的な庭園で、緩《ゆる》やかな起伏の地形は、まるでスプラインした曲面のように滑《なめ》らかだ。「数学的秩序」というタイトルのアート作品と見ることもできる。

だいたい、歩くコースも決まっていて、そこをどちら回りで行くか、という選択肢しかない。空は雲が覆《おお》っていて、眩《まぶ》しさはない。それでも、雨は降っていない。こういう天候が多いのだ。もっとも、大雨だったら、ここに出てくるまえに散歩は中止になっているので、当たり前のことともいえる。

キガタは、周辺を見回している。彼女の目は、ときどき光を反射して赤く見える。髪は今日はショートカット。服装はグレィのスラックスとブラウスで、まったくシンプルだった。

僕は空気を吸い込み深呼吸をした。リラックスするために散歩をしているのに、キガタは逆に緊張している。ここは、室内よりは危険な場所だからだ。

「今は、どんな武器を持っているの?」僕は質問した。彼女がなにも身に着けていないように見えるからだ。以前は、髪の中に拳銃《けんじゅう》を隠していたことがあるが、今日は、頭もそれほどボリュームはない。

「秘密です」キガタは答えた。

「ウグイが、そう言えって言ったんだ」

「あの……。申《もう》し訳《わけ》ありません」キガタはお辞儀をした。

「いや、謝ることではないよ。悪かった、変なことというか、余計なことを言った。ウグイが言ったとしても、言わなかったとしても、どちらでも僕は気にしていない。ちょっとした、その、言葉の遊びなんだ」

「言葉の遊び……、ですか」

いけないいな、ウグイの名前を出すのはやめよう。キガタに失礼ではないか。そんなことにも考えが及ばなかったのだ。年寄りのくせに情けない。

もう一度、彼女の全身を見た。そうか、靴だな、と思い至った。ブーツが新しい。どことなく装置っぽいというかメカニカルである。

しばらく歩いて、僕はベンチに腰掛けた。近くを歩いている者は多くはない。散歩をする人間は少数派のようだ。

「局長が、連絡を取りたいようです」デボラが言った。「出張の提案です」

「へえ、どこへ?」

「おそらく、エジプトではないかと」

「どうして?」

「アミラの推測です」

「どうして、アミラは、直接僕に教えてくれないのだろう?」

「博士に遠慮しているのです」デボラは答えた。

「今のは、アミラじゃないよね?」

「はい、私です」デボラが返事をする。

キガタが、僕をじっと見つめていた。デボラと話をしている、と彼女は知っている。デボラとキガタは、僕とデボラよりも密接な関係にある。なにしろデボラは、キガタの行動をコントロールすることだってできるのだ。

「そうだ。君は、昨日、どんな夢を見た?」僕はキガタに尋ねた。

「いいえ、夢は見ていません」キガタが首をふった。

「ウォーカロンは一般に、あまり夢を見ないといわれています」デボラが言う。

「へえ、そうなんだ。それ、なにか統計のデータがある?」

「あります。調査論文ですが、過去に四編あります。ご用意します」

「あ、そういえば、もしかして、読んだことがあったかな……」僕は少しだけ思い出していた。それは、夢の内容を直接観察したものではない。本人に質問したアンケートの集計結果だ。頭脳回路に対して直接アクセスすることは、現在ほとんどの国で禁じられている。たとえ相手がウォーカロンであってもだ。

第1章　血を選ぶ　Choosing blood

ウィンストンの心は沈んだ。これは〈二重思考〉だ。どうしようもない無力感に囚《とら》われる。オブライエンが嘘をついているのだと確信できるなら、何の問題もないのかもしれない。だが、オブライエンが本当にその写真のことを忘れてしまっているということも十分に考えられるのだ。そして、もしそうであるなら、彼はすでに、写真の記憶を否定したことを忘れてしまい、その忘れたという行為を忘れてしまったことになる。それがまったくのぺてんだとどうして言い切れよう？

1

エジプトへの出張は、ドイツの情報機関からの要請だった。ヴォッシュ博士が率いる調査団が、日本の情報局に応援を求めてきた、という表現で、局長のシモダの部屋で僕は聞いた。キガタがその場に同席していたから、彼女も一緒に行くことは言われないでもわかった。また、事前にデボラからこの指示があることを聞いていたから、半日遅れの正式命令といえる。

ヴォッシュからは、直接の連絡はなかった。なにか仕事上の筋を通した結果だったのだろう。彼の名前が出た以上、断るわけにはいかない。否、その逆である。デボラから聞いた時点で、僕は行くつもりでいた。エジプトへは、いつか行くことになるだろうと考えていたからだ。

ヴォッシュは、フランスの修道院で見つかったスーパ・コンピュータの調査の指揮を取っている。彼は、コンピュータ・サイエンスにおける重鎮《じゅうちん》であり、今も現役の科学者だ。僕の倍の長さの人生を生きている。世界に認められた才能であり、僕などが、親しくさせてもらっていることが、既に方程式の重根のように奇跡的な状況だ、と自分では認識していた。

彼と僕を結びつけたのは、マガタ・シキ博士である。ヴォッシュも僕も、伝説の科学者であるマガタ・シキと会ったことがある。話をしたことがあるのだ。といっても、ヴォッシュ、僕、そしてマガタ博士の三人が集合したことは一度もない。もし、そんな機会があったとしたら、どんな素晴《すば》らしい時間になるのだろう、と想像してしまうが、きっと、上がってしまって、的確な質問などできないのではないか、と不安になる気持ちの方が大きい。

今回、日本からは四人で出向くことになった。僕、キガタ、アネバネ、そして、モロビシという名の局員だ。モロビシには、出発のときに初めて会った。背の高い紳士で、口髭《くちひげ》を生《は》やしている。スーツを着ていて、ネクタイも締めている。キガタとアネバネのファッションとは一線を画するのは一目瞭然《いちもくりょうぜん》だが、名前を名乗っただけで、それ以外には口をきいていない。事前には、「局員」と紹介されただけだった。彼は、四角い金属製のアタッシェケースのようなものを持っていて、それを持ったままジェット機に乗り込んだ。ウグイがいつも持ってきたように、自前の武器が入っているのかもしれない。それに比べて、キガタとアネバネは軽装で、どちらも小さなナップザックを背負っているだけだった。知らない人間が見たら、この二人は平凡な観光客に見えるだろう。モロビシは、どこかの企業の重役といったところか。

僕は、暑いところへ出かけるということで、できるだけ涼しい服装を選んだ。日差しが強いのではないかと、庇《ひさし》の形状が変わる帽子兼ヘルメットも持ってきた。これは、情報局の備品を借りたものである。

四人乗りの小型ジェットで飛び立ち、一度も着陸せずに目的地に着いた。いつものことだが、僕は飛行時間の大半を睡眠に当てた。

着陸するときに目が覚めて、座席のポケットに入れておいたメガネをかけ、周囲を眺《なが》めたところ、街からは離れた場所のようで、格納庫みたいな建造物が並んだ工場っぽい雰囲《ふんい》気《き》の空港だった。旅客機のような大きな航空機は見当たらない。小型のものが多く、そのほとんどは、人が乗るようなタイプではない、兵器とかドローンといえる飛行機だ。兵器だと思ったのは、黒っぽいものがほとんどで、ナンバが白い文字で書かれているほかは、なにもマーキングがないからである。もちろん、兵器といっても、どんな兵器なのか、どのように使用するのかは、さっぱりわからない。きっと、ウグイだったら詳しく解説してくれただろう。

またも、ウグイのことをふと思いついてしまった。隣に座っているキガタを見ると、彼女も黙ってこちらを見る。目が合ったので、無意味に微笑《ほほえ》んだのだが、もちろん、キガタは微笑んだりしない。

建物のない方角には、平たい土地が広がっていて、どこにも山は見えない。限りなく平野が広がっているように感じたが、もしかして、かつては砂漠だったのかもしれない。人工的に緑化された可能性もある。

ジェット機から外へステップを下りていく。制服を着た人物が待っていた。そのほかにも四人いたが、いずれも同じ服装で同じ武器を持っていた。それらは真上に向けられている。軍人のようだが、おそらくウォーカロンだろう。武器を持っていない一人だけが、サングラスをかけ、顎鬚《あごひげ》を生やしていた。その人物は、僕にだけ手を差し伸べ、握手を求めた。名乗らなかったものの、信号のアクセスはあった。彼が、乗り物の方へ誘導してくれた。

大きなタイヤが六つあるクルマで、それも軍用車かもしれない。後部からその中へ僕たち四人は乗り込み、すぐに走りだした。外の様子はモニタで見ることができる。空港の中では舗装された道だったが、ゲートを出たところからはそうではなかった。といっても、凸凹があるわけではない。両側には背の低い草が繁っていて、道だけが土か砂のようだった。乾燥しているのか、後方には砂埃《すなぼこり》が舞い上がっている。後ろには、さきほどの四人がオープンの車両に乗ってついてくるのが見えた。

案内の人物は、大佐だそうだ。これは、デボラが教えてくれた。僕は息をする振りをして小さく頷いたが、その位がここでどれくらい偉いのか、もちろん知識はない。知りたいとも思わなかった。大佐は、行き先について詳しい説明をしなかったが、ただ、二十分ほどの距離だ、とだけ言った。その後は、こちらを見ることもなく、真《ま》っ直《す》ぐにモニタを睨んでいる。見ないように気を遣っているのだろうか。大佐だけは、ウォーカロンではない。人間にときどき見られる特徴で、話しかけないでほしい、という態度に見えた。

道路の両側は、ただの草原のように見えたが、トラクタに似た大きな車両が見えたので、なにか作物を穫るための畑かもしれない。そうだとしたら、既に収穫を終えたあとなのだろうか。一時期、食糧事情が厳しくなり、このような土地改良が流行したのだ。今では、農業の大半は工場生産に切り替わっている。地球の土地は充分に広いのだが、エネルギィ的な効率化を求めた結果だ。もっとも、それも人口減少が顕著な問題となる以前の話である。人間が減った分、ウォーカロンが増えているとまではいえない。もし、そんな事態になったら、エネルギィ補給を効率良く行うタイプのウォーカロンが開発されているはずだ。

ゲートが近づいてきた。金網の柵《さく》が両側に続いている。武装した者が十人以上いたが、クルマが停《と》まると、すぐにゲートが開いた。

その中へしばらく真っ直ぐに進んだ。どこにも建物らしきものが見当たらない。樹木はほとんどなく、ただ、車両が方々に駐車されているのと、白いテントのような仮設物があるだけだった。

前方に、数人が立っているのが見えた。クルマはそこへ近づき停車した。ドアが開いて、僕たちは外に出る。待っていた一人は、ヴォッシュ博士だった。僕は、まず彼と握手をした。

「お元気そうですね」僕は微笑んだ。

「相変わらずだよ。おや? 彼女は?」ヴォッシュは、ウグイのことを言っているようだ。「お嬢さん、えっと……」彼はキガタと握手をした。キガタが名乗るのを聞いて、「そうそう、サリノさん。就職されたと聞きました」

「よろしくお願いします」キガタが頭を下げる。

アネバネは無言で握手をした。それから、もう一人のモロビシとも、ヴォッシュは短く言葉を交《か》わした。

ヴォッシュのほかに三人いたが、いずれも知らない顔だった。ドイツのスタッフだと説明があり、僕は彼らともそれぞれ握手をした。人間が二人、ウォーカロンが一人、というのが、僕の見立てである。

「パティも来ているのだが……」ヴォッシュが僕に言った。パティというのは、ペィシェンスの略称で、ヴォッシュの助手である。「今、ちょっと力仕事に駆り出されているんだ。ウグイ・マーガリィは？」

「配置換えがあったのです。私の護衛からは外れました」僕は答える。

ヴォッシュは、一瞬黙ったが、そのあと、僕の肩を後ろから軽く叩《たた》いた。どういう意味なのかわからないが、おそらく、ドント・マインドくらいの感じだろう。

数十メートルほど歩いたところに、低い柵があって、その中は、大きな窪《くぼ》んだ土地だった。近づくほど、下が見えてくる。かなり深い。まるで、採掘場のようだ。

その巨大な穴は、真上から見れば、ほぼ正方形だろうか。一辺が百メートル以上ある。また、窪みは、段々になっていて、中央部ほど低くなっている。その段は、二メートルほどで、ほぼ等間隔。数十段も、階段状になっていた。

「何ですか、これは」思わず、僕は呟いていた。

「ネガティヴ・ピラミッドだよ」ヴォッシュが言った。「知らなかったのかね？」

「ネガティヴ？　ああ、なるほど……」僕は大きく頷いた。「たしかに……。いえ、知りませんでした。こんな建造物があったんですね」

「昔からあった。でも、見つかったのは、二十一世紀だね。探査技術の進歩と普及で、ようやく見つけられたんだ。もともと、ここは砂漠だったからね。すべて砂に埋まっていたんだ」

四角錐《しかくすい》のピラミッドの形が、穴になっている。普通のピラミッドを持ち上げ、逆《さか》さにしてこの穴に入れると、ちょうど収まるようなイメージだ。だから、ネガティヴ、つまり負のピラミッドというわけである。

「逆さピラミッドというわけですか」僕は言った。

「いや、リバース・ピラミッドというのは、別にある。それは、実物のピラミッドを逆さまにして、地下に建造したものだ。それも、同時代に見つかっている。ここから、すぐのところだよ。機会があったら見学してくると良い。一般公開も一部だが、されている」

逆さまにしただけではなくて、穴になっている、という点が違うようだ。どうして、こんなものを作ったのか、という疑問が湧いた。

「ネガティヴ・ピラミッドでは、この周囲が建造物なんだ」ヴォッシュが言った。「今立っているここ」彼は真下に指を向ける。「この穴の周囲が、全部石造の構造物で、現在も発掘調査が行われている」

2

　四角錐の穴を取り囲む形で、巨大な石造構造物が地面の中に埋まっている。穴の最も深いところへは、真っ直ぐの階段で下りていくことができる。この深さはおよそ五十メートルほどらしい。しかし、その底部まで下りていっても、そこになにかがあるわけではない。ただ、周囲に段状の石積みが展開するばかりで、見上げて溜息をつくしかない。実際、最低部まで下りてみて、僕はそれを体感することができた。なんというのか、むしろ、その上にある空や宇宙の存在を感じる。人が作るもののスケールの大きさと、逆にその有限さが対比される気がした。

「蟻地獄《ありじごく》みたいですね」というのが僕の感想だったが、これに対しては、誰からも言葉は返ってこなかった。蟻地獄というものが一般的ではなかったかもしれない。

　発掘されたときには、まず、この空間を満たしていた大量の砂を取り除く作業があったはずであり、その作業の途中には、きっと一番下に入口があるはずだ、という期待を多くが抱いたことだろう。しかし、入口はそこではなかったのだ。

　ヴォッシュは、僕が周囲を見回しているのを、しばらく黙って見ていたが、答を教えてくれた。この構造物の入口は、結局この四角錐の穴のどこにも存在しないのだと。

「誰もが、ここのどこかに入口が隠されているはずだ、と考えた。そう信じて探しただろう」ヴォッシュは言った。「しかし、人間というのは意地悪なものだ。いや、神が意地悪なのかもしれないね」

僕たちはまた階段を上がった。来たときとは反対の方角、すなわち、そのまま真っ直ぐに別の階段を上がっていったのだ。僕のメガネが示すところによれば、そちらが北だった。最初は南から階段を下りたことになる。

階段は、一段一段がとても高く、角度も急で、上りきる頃には息が切れた。しかし、僕よりも年寄りのはずのヴォッシュも上っているのだから、文句は言えない。もしかして、なにかサーボモータでも装備しているのではないか、と彼の脚を観察したほどだった。汗が吹き出た。久し振りのような気がする。ここの気温が高いことを初めて意識した。今も、太陽は高いところにある。雲は見当たらない。日本では、もうあまり見られない空の青さだった。

再び地表に戻ったわけだが、ちょうど穴の反対側の縁で、低い柵が途切れたところを通ると、別の穴が見えてきた。そちらは四メートル四方ほどで小さく、遠くからは見えない。鋼鉄製の階段が下へ向かっていて、その先には、四角い穴があった。どうやら、そこが入口のようである。

「暑いから、早く中へ」ヴォッシュが言った。雰囲気としては、地下シェルタのようである。

僕たち四人と、ドイツの四人、合わせて八人が、一列になって階段を下りていく。幸い、片側に手摺《てす》りがある。階段自体は古いものではなく、まだ造られたばかりのものに見える。

四角い穴には、ドアはなく、奥へずっとトンネルのように続いていた。その中へ足を踏み入れただけで、空気が一変する。もちろん、外に比べて格段に涼しい。また、なんとなくだが、湿気《しっけ》があるようにも感じた。この土地にどれほどの水分があるのか、と思ってメガネで表示させたところ、気温二十五度で湿度は四十パーセントだった。これは、まあまあ良い環境かもしれない。

途中から、下り坂になり、突き当たったところで、左右に道が分かれていた。これを右へ進み、まもなく下りの階段になった。天井は高くない。階段の途中には特に頭を下げないと通れない箇所があった。方々に点々と小さなライトが白い光を発しているだけで、全体を隈《くま》無く照らすものではない。暗闇の中を進んでいるという感じがする。もちろん、メガネが照度を調節しているから、見えないものはない。たとえ真《ま》っ暗闇《くらやみ》でも、赤外線を感知して見ることができる。

壁も床も天井も石で、人工的に造形されたものだ。階段を下りた先に、少し広いスペースがあって、そこに簡易なテーブルや椅子《いす》が持ち込まれていた。端末や測定機器、あるいはカップなどといった日用品なども置かれている。作業スペースになっているようだ。

ヴォッシュは、その椅子に座るように僕たちにすすめた。ドイツのスタッフ三人は、そのまま先へ行ってしまったので、五人がここに残った。

「喉《のど》が渇いているかね？」ヴォッシュがきいた。

「いいえ、大丈夫《だいじょうぶ》です。中は涼しいですね」

「そう、街のホテルよりも、こちらの方が快適なくらいだよ」ヴォッシュは膝《ひざ》の上で両手を組んだ。「さてと、どこまで聞いているのかな？」

「いいえ、なにも聞いていません。えっと……、ベルベットの元になった、ベース・ステーションがあるということだけです」

ベルベットというのは、フランスの修道院で見つかった古いスーパ・コンピュータのことで、この名称はヴォッシュがつけたものだ。ベルベットは、現在は稼働していない。ウォーカロンを操り、自己防衛とはいえ暴力的な行為に及んだため、強制的に停止させられた。メモリィの解析をヴォッシュのチームが行っているが、衛星を通じてどこかと連絡を取り合っていた、ということまでしかわかっていない。僕が聞いている情報はその程度だった。

「ここでも、コンパクトなコンピュータが見つかった」ヴォッシュは言った。「ただ、稼働していなかった。今も停止したままだ。不慮の事故で停止したのではない。記録が残っていて、正常なプロセスで停止したとある」

「誰がその記録を?」僕は質問する。

「この遺跡を本拠地にしていた武装集団がいたんだ。五年ほどまえに一番勢力があったらしいが、そのときには二百名の戦闘員がいた。昨年になって、政府軍がここを奪還した。そのときの戦闘では、死者と負傷者が三十名。それだけの人間が、ここにいたということだね。彼らが、最後にコンピュータをシャットダウンした。おそらく、データも消去しただろう」

「ベルベットと通信をしていたのですね?」

「そうだ」ヴォッシュは頷き、鬚を片手で撫《な》でる。「それは、各所のデータからだいたい突き止められていた。ここのコンピュータが停まったときに、急にやり取りが消えたから、まずまちがいない。ただ、ちょっと見てみたところでは、さほど規模の大きなものではない。その点では当てが外れた。中継点にすぎなかっただろう、というのが大方の見方だ。もし、本格的な人工知能と呼べるレベルに至っていたなら、簡単にシャットダウンはできなかっただろう」

「別のところへ退避した可能性があるのでは?」

「電子的にかね?」

「ええ……」

「トランスファのように? うん……、まあ、ありえないとはいえないが、そこまで身軽なシステムではない。旧型ではないが、ハードに依存している部分が多い。それから、短期間に移動したなら、その痕跡が残る。そういったものは、観察されていない」

「その武装集団の生き残りは?」やや心配だったので、きいてみた。ここへ来るまでも、物々しい雰囲気が感じられた。平和な土地ではなさそうだ。

「何人かは逃走したと聞いている。少し離れたところへ出られる地下通路があったんだ。それも、まだ全貌《ぜんぼう》はわかっていない」

「地中レーダで調べたら、わかることでは?」

「私もそう思う。しかし、計測の許可が下りないらしい。つまり、すべてを明るみに出すのはリスクがある、と考える勢力がいるわけだ」

「なるほど、やはり、その、何ていうのか……」

「物騒《ぶっそう》だ」

「ええ、そうですね」頷きながら、僕はキガタ、アネバネ、モロビシを順番に見た。キガタはじっとこちらを見ていたが、アネバネは天井を眺めている。モロビシは、メガネのため、どこへ視線を向けているのかわからない。そもそも、物騒だから、モロビシが来たのではないか、と僕は勝手に想像していた。持っているアタッシェケースもおそらく最新型の武器なのではないか。なるべく、早めに日本に帰りたいものだ。だが、そんなことを口にするには、いくらなんでも早すぎるだろう。

「心配したところで、安全になるわけでもない」ヴォッシュは鼻から息を漏らす。「さて、では、もう一点、大事なことを話しておこう。これは、日本には伝えていない。まだ、つい数日まえにわかったことだからだ」

「何ですか？　物騒なことですか？」

「うん」ヴォッシュは、意外にも力強く頷いた。「これは、その武装勢力のメンバの一人が証言した情報だが、ここのコンピュータは、イマンという名で呼ばれていたそうだが、その……、人間を殺した最初の人工知能と呼ばれていたらしい」

「それは、また、物騒ですね」

「ライト兄弟が、最初に飛行機に乗った人間だった、というのと同じようなものだ」

どうやら、人間を殺したという部分の定義が曖昧だ、ということをヴォッシュは言いたいようだ。にやりと笑いそうな目で僕を見据えている。

「誰を殺したのか、という点については？」僕は質問した。

「具体的には語っていないが、もしも戦闘によって殺した敵の兵士のことを言っているならば、そんなことは当然であって、わざわざ最初のなどと誇示する必要はないだろうね。兵器を操っているのは、二百年以上まえからコンピュータだったのだから」

「つまり、人工知能の自由意思で、人間を殺したと言いたいわけですね。なんか、神懸《かみが》かり的な雰囲気を感じます。宗教絡《がら》みでしょうか、異教徒を殺す、というような」

「わからないが、異教徒も敵も、言ってみれば同じようなものだ。両者に同じ言葉を使う種族だってある。そうじゃないよ、イマンは、味方を殺したんだ」

「そう証言しているのですか？」

「うん、それらしいことをね。彼の言葉では、人間を裏切った、と」

「なるほど、それは、なかなか興味深いですね」

「アミラに相談したよ、さっそくね」

「何て言っていましたか？」

「確認すると言った。感想はないのか、と尋ねたら、そういったことができたはずがない。そこまでの知性がもしあるのならば、それはイマンの発案とは思えない。後ろに誰かいるのではないか。その可能性が極めて高いとね」

「なるほど、デボラにあとできいてみましょう。ここは、ネットは？」

「奥では、使えない。電波も、衛星の信号も届かない。不便極まりない」

「ここは使えます」デボラが答えた。「黙っていて申し訳ありません。しばらく、周辺の状況を把握するために時間がかかりました」

「デボラが、ここはオンラインだと言っています」僕はヴォッシュに言った。

「ああ、ここが限界なんだ。だから、ここに通信機を置いている。ここから下は駄目だ」

「そうですか。危険が増しますね」

「アミラは、今も調査中です」デボラが報告する。「捕虜となった者の証言は、複数から得られていて、イマンに関する噂《うわさ》は実在したようです。データ的な検証はまだできません」

「さてと、では、そのイマンのいる場所へ案内しよう」ヴォッシュはそう言って、立ち上がった。「まあ、見ても、べつにどうということのない代物《しろもの》だがね。そうそう、それよりも、もっと面白いものがある」

「何ですか?」

「棺《ひつぎ》だ」

「ミイラの?」

ヴォッシュは答えなかったが、片目を細くした。笑ったように見える口許《くちもと》だった。

3

通路は狭く、天井も低い。歩くだけでストレスがある。それでも、どんなところへ通じているのか、という好奇心からか、つい歩調が速くなってしまう。長い一本道の通路は、何箇所か直角に曲がっていた。床の壁際には、樹脂製のダクトがずっと続いている。おそらく、空調のためのものだろう。

床に四角い開口部がある場所に出たが、そこにアルミ製の梯子《はしご》が掛かっていた。ヴォッシュが先頭になり、次にアネバネが下りていく。そのあとを、僕が下りた。その下は、細長い部屋だった。幅は三メートルほど、長さはその倍はある。独立した部屋のようで、ほかの場所へ行ける通路はない。周囲の壁の高い位置に、棚のような箇所が複数あったが、なにかが置かれているわけでもない。

部屋の中央の四角く窪んだスペースに、直方体の大きな石が置かれている。ヴォッシュが、これだ、という顔でそれを指差した。

「これが棺ですか？」僕は、その周囲を歩いて、石の側面を観察した。切れ目はあるが、一つではない。つまり、幾つかの石を積んで造られているように見える。「蓋《ふた》があるのですか？」

「ここの上の三つの石が持ち上がるようだ。まだ試していない。しかし、中に人骨らしきものがあることは、測定で判明している。映像も見ることができる。何千年もまえのものらしい」

「ここに埋葬されたということですか？　つまり、王家の者だということですね」

「いや、そこまではわかっていない。どうも、位の高い者にしては、この場所が入口に近すぎるし、一緒に埋葬された品物もない。シンプルすぎる」

「そういう主義の王様だったのかもしれません」

「面白いことを言うね」ヴォッシュは口を歪《ゆが》める。「まあ、私も専門ではないから、よくわからない。どうして、こういう昔の人間のことを熱心に調べているのかも、理解できないよ。何か、役に立つのかな?」

「現代人は、お墓から限りなく遠ざかりましたからね」

「そう、同時に、先祖からも離れた。ようやく独《ひと》り立《だ》ちしたといっても良いだろう」

「独り立ちですか、うーん、そうかもしれませんね。今や、神様もいらない。でも、人工知能には、しっかり寄りかかっている気がします」

「ここにいた連中も、寄りかかっていたようだ」ヴォッシュは言った。僕にはその意味がよくわからなかった。

「でも、この棺は普通ですね」

「普通というと?」

「つまり、リバースでもないし、ネガティヴでもない」

「うん、それは、やはり人間というものが人工ではないからね。人体がそんな自由にならないからだろう」

「死の世界なら、ネガティヴもありそうなものですが……」

「死は、もっとリアルなものだったんだよ、きっと……。さあ、この部屋は、空気が少し淀んでいる気がする。もう、上がろう」

ヴォッシュは、梯子を上っていく。僕たちは再び同じ通路に出て、その先へ進むことにした。この通路の下に空間があることが発見され、石が取り外されて、梯子を掛けたというわけである。死者が眠っている、という意味では、ナクチュの冷凍保存と同じかもしれない。細胞からクローンを再生することは、今や技術的には可能だ。大昔の人間が、死後の復活を信じたことは、まったくの見当違いではなかった、むしろ先見の明といわなければならない、と僕は思った。

しばらくスロープのような通路を下っていくと、分岐があり、その先の広い部屋に出た。その部屋がさらに奥の広い部屋に繋《つな》がっている。

「ここが、グループが使っていたメインの場所だ。この近辺に幾つか小さな部屋があって……」ヴォッシュは、片手をぐるりと巡らす。「それらも活用されていたらしい。外からダクトで空気をここまで送っていた。今もその設備を使っている。この奥の部屋は、弾薬や武器の管理庫になっていたそうだ」

「武装集団というのは、具体的にどんな武力行使をしていたのですか?」

「詳しくはわからないが、さほど大規模な戦闘はなかったそうだ。たしかに政府軍とは対立していた。だが、お互いに積極的に攻め込んだわけではない。ある程度の範囲に、お互いがほぼ収まっていた。暗黙の停戦状態みたいな感じだったらしい。まあ、それぞれに生活があるし、維持していく社会がある。自分たちの立場が危うくならないかぎりは、人は持続を選択するものだ」

「でも、最後は、攻め込まれて、ここを明け渡したわけですね？」

「それは、どんなふうだったのか、あまり詳しい話は聞いていないが、政府軍の攻撃で、多数が殺されたあと、投降したらしい。そう、最後のリーダは女性で、その人物が、コンピュータのイマンの使い手だった」

「使い手？　技師なのですか？」

「さあね。とにかく、使い手と呼ぶらしい。巫女《みこ》のようなものかもしれないが」

「巫女？　そちらの方がわかりにくい」ヴォッシュは、〈神のメディア〉と言ったので、僕のメガネが複数の訳語を表示した。

「まあ、そのうち、わかるかもしれない。さて、そのイマンは、こちらの部屋だ」ヴォッシュが奥の部屋へ歩きだす。

「デボラがいなくなりました」キガタが近づいてきて、僕に耳打ちした。ネットワークが届かなくなったのだ。キガタは、デボラがコントロールできるメディアでもあるから、リアルの巫女なのではないか。

　奥の広い部屋には、周囲に棚が並んでいた。近代的な金属製の棚である。今はなにもないが、ここで生活していた人々が使っていたのだろう。ただ、テーブルや椅子の類の家具はなかった。床は真っ平らとはほど遠い。石というよりは、砂か土のように見える。そもそも、ここは居住のために造られたスペースではない。トンネルか地下道の中で生活するのと同じ不便さがあっただろう。

その部屋の奥に、通路の入口があった。その先には階段が見える。ヴォッシュに続いて、その通路に入り、階段を上った。これまでは、ほぼ下りばかりの道のりだったので、高いところへ向かうのは、棺の部屋から戻る梯子以外では初めてである。

階段は真っ直ぐではない。途中の踊り場で向きが変わった。上りきったところから、さらに細い通路が延びていて、ここは、人が一人だけやっと通れるほどの幅しかない。しかも、天井が低く、頭を下げて進む必要があった。奥に部屋があるようだ。そこに照明が灯っていた。足許《あしもと》には、少し細めのダクトと、電気のためだろうか、太いケーブルが通路に沿って部屋まで延びていた。

部屋の入口でヴォッシュは立ち止まった。僕たち四人をさきに中に入れるためだ。狭い空間で、大きなアルミケースが床に置かれていた。表面にはなにもない。スイッチもインジケータもない。これがコンピュータだろうか。しかし、外から続いているケーブルは、このケースにつながっている。

「これがイマンだ」ヴォッシュは言った。それから、一番近くにいたアネバネを見た。「すまないが、ハギリ博士と二人だけにしてもらえないか。ちょっと、個人的な大事な話がある。見てのとおり、この部屋はほかにどこへも行けない。下で待っていてほしい」

アネバネは頷き、入口の方へ移動する。モロビシも続いて出ていった。キガタが、僕のすぐ横に残り、じっと僕の顔を見た。

「大丈夫だ」僕は彼女に囁いた。僕の許可がなければ離れない、という任務なのだろう。

キガタは黙って頷き、部屋から出ていった。狭い通路ではあるが、彼女は小柄で、通路の断面は充分なスペースに見えた。もしかしたら、古代人は小さかったのだろうか。あるいは、死者は生きているときよりも小さいのだろうか。無駄なものが抜けて、ミイラのように収縮するのか。

「何でしょうか?」僕はヴォッシュにきいた。人払いをして話すようなことがあるのか、と頭を巡らせる。マガタ・シキのことではないか、とふと思いついた。

「大したことではない。サリノもアネバネも信頼している。しかし、あのもう一人の男は、まだ私との信頼関係を築いていない」

「モロビシは、ええ、私も同じです」

「彼だけに出ていけとは言えなかった」ヴォッシュは苦笑する。「このイマンは、十五年ほどまえに作られた型で、軍事目的のコンピュータだ。主に、情報収集と作戦の立案をする。まあ、指揮官補佐のような役目の人工知能だ。九年まえに、政府軍の基地が襲撃され、反乱軍がこれを奪った。その後、行方不明だった。ここにあったということは、その反乱軍の一味がここを主要な作戦本部としていた証拠といえる。私が呼ばれたのは、これの状態を調べ、このコンピュータがどんな役目を担っていたかを知るためだ。もっとも、それ以外の理由で、私はこれが見たかった。ベルベットと通信をしていた形跡があったからだ。しかし、ここへ来てみて、期待外れだったことが判明した」ヴォッシュは溜息をつく。そして、アルミケースに片手をのせた。「これは、大したものではない。一般的な、どこの企業にでもある、ただのコンピュータ、ただの人工知能だ。ベルベットがパートナに選ぶようなスーパ・コンピュータではない。おそらく、電子陣営の一部だった、といったところだろうね」

「規模的に小さすぎるということですか？」

「二つある」ヴォッシュは指を二本立てた。「そのとおり、記憶容量が小さすぎる。能力的に不足だ。もう一つは……」彼は、床を這っている黒いケーブルを指差した。「通信手段がなかったことだ。ここへいつ運び込まれたのかはわからないが、とにかく、ここの環境では機能しなかった。電源を入れても、状況把握をすることもできない。暗闇の中に閉じ込められているような状態だったといえる」

「電源は、入れてみましたか？」

「君が来てからしようと思っていた。それに、入れるまえに確認することがある。これから、小型端末をこれにつなげて、内部の解析をざっとするつもりだ。事実上、センサもないし、発信デバイスも、アクチュエータなどもない。危険はないと思う」

「これを使っていた、えっと……、使い手の人は、何と言っているのですか？　ここへ来るまでの履歴がわかっていますか？」

「いや、詳しい話はしていないようだ。まあ、それはそうだろう。その女は、無期懲役で刑に服している。刑務所から出られる可能性はないそうだ。何人も殺したらしい」

「戦争だったわけですから」

「そういうことだ」ヴォッシュは溜息をついた。「ここで、このコンピュータの電源を入れることで、どんな危険が考えられるかね？」

「この箱の中は見ましたか？」僕は尋ねた。彼が手をのせているアルミケースのことである。「電波を出力するような装置はありませんか？　電波といってもいろいろありますが」

「調べたが、怪しいものはない。音波については、受信も発信もできる。空気の振動を感知するセンサと、空気を振動させる小型のアクチュエータだ」

「マイクとスピーカですね」

「そうとも言うな」ヴォッシュは微笑んだ。「出力の大きなものではないから、衝撃波などは作り出せない。映像に対してはセンサもない。電磁波も無関係。このケーブルは、電源が通っているだけ。ただの二本のリード線だ。本体には、冷却装置もない。熱を出すほどの演算もしないようだね。ポータブル性を重視した設計といえる。メモリィは、おそらくは外部で補充装備されていたものと思うが、現在は、この中に収まっているボードだけだ。微々たるものといえる」

「電源は、どこから?」僕は質問した。

「さっき話をした最初の部屋。あそこにあるタービン・ジェネレータだ。完全に外部とは絶縁されている。電源のケーブルを通しての通信は不可能。もともとは、この中に小型のバッテリィを持っていて、それで稼働していたらしい」

「そのバッテリィは、どこか、外で充電していたわけですね?」

「そう、そのバッテリィを通して、外部とやり取りができた可能性はある。しかし、今はそれもない」

「ここにいたグループの、人間とウォーカロンの比率は?」

「それは知らない。しかし、どちらもいたはず。リーダの女は人間だ。兵士の多くはウォーカロンだろう。もっと古いタイプのメカニカルな者もいたらしい。そのあたりは、知りたかったら詳しいデータを送ってもらえると思う」

僕は、そこで考えた。どんな危険な事態がありえるだろうか。そのアルミケースをじっと見つめていた。鈍《にぶ》い銀色で、角は丸くなっている。一箇所を除いて穴などはない。例外の穴は、おそらくマイクとスピーカのためのものだろう。

表面にピントを合わせてみると、なにか文字のようなものが書かれていることに気づいた。最初は、単なる傷だと思われたが、そうではない。固い尖《とが》ったもので引《ひ》っ掻《か》いた跡だが、明らかに文字である。ただし、僕のメガネではそれが解読できなかった。

「どうだね？　電源を入れることに異議はないかな？」

「ええ、危険な事態にはならないように考えます」

「対話ができれば、得られるものはあるだろう」

「あの、これは、何て書いてあるのですか？」僕は、その文字を指差した。

「ああ、それは、この地方の古い言語らしい。聖書にも使われていた文字だそうだ。意味は、血か、死か、無か、だよ」

ヴォッシュは、その部分を英語で発音した。ドイツ語ではなく。

「血か、死か……？」

「無だ。ヌルだ」

「ヌル……。それはまた意味深な」僕は思わず呟いた。

「何が意味深なんだね？」

「誰が書いたものですか？　ここへ来ていた、その女性のリーダ？」

「わからない。しかし、その人物以外は、ここへ入らなかったそうだ。この傷は……」

ヴォッシュは指でそこを擦《こす》った。「比較的新しい。最近つけられたものだ。なにかの呪《のろ》いか、あるいは、祈りの言葉かな」

「血か死を、祈るのですか？」

「自分ではなくて、呪い殺したい人物のだよ」

4

ヴォッシュと二人で狭い通路を戻ると、キガタとペィシェンスの二人が待っていた。ペィシェンスは、クラシカルな笑顔でお辞儀をして、僕に挨拶《あいさつ》をした。彼女は、メカニカルなウォーカロンで、一世代まえのテクノロジィの産物だが、ヴォッシュは彼女をとても大切にしている。普通のウォーカロンに比べて力が強いこと以外は、これといって特徴はない。特に思考能力ではかなり見劣《みおと》りするだろう。今は、オレンジ色の作業着を着ていて、手の平にゴムがついた手袋を両手にはめていた。どこかで作業をしたあとのようだ。

「アネバネとモロビシは、周囲をパトロールしています。すぐに戻ってくるはずです」キガタが几帳面《きちょうめん》に報告した。おそらく、アネバネにここから離れるな、と指示されたのだろう。キガタは、アネバネよりは位が下である。モロビシは、どうなのだろう。見た感じはいかにも位が高そうだが。今度尋ねてみよう、と僕は思った。

「パティたちは、新しい電源を運び込んでいた」ヴォッシュは説明した。「ここへ安定した電力を供給するシステムを構築しているところだ。今あるあの電源では心許《こころもと》ない。あと十二時間はかかる。万全を期す必要があるからね。それから、隠れた通信経路がないかも同時に調べている」

「ネットワークを構築すれば、トランスファが入れます。ここをデボラに守らせる手があるのでは?」僕は提案した。「もちろん、リスクもありますけれど」

「そう、ネットワークを導くことには、私は反対だ。未知の勢力が存在する。ベルベットの解析でも、それが随所に現れているんだ。彼らは地球のどこかに潜んでいる。何のために潜んでいるのかはわからないが、万が一、人類を滅ぼそうなどと考えたとしたら……」

彼はそこで肩を竦《すく》めた。

僕は黙って頷いた。たしかに、その危険はある。というよりも、人間はみんなこの恐怖を抱いているだろう。実際にそんなことを人工知能が企てるだろうか、という疑問はある。このあたりは、僕もわからないところだ。人間も人工知能も、自己防衛という動機を持っている。歴史が示しているのは、戦争というものがすべてこの動機によって始まるという事実である。

来た経路を戻り、階段を上がって地上に出た。空気は乾燥しているが、照りつける日差しを浴びて、その明るさに目眩《めまい》がしそうだった。もっとも、メガネが照度を調節してくれるから、眼球が受ける刺激ではない。皮膚というのか、全身というのか、そんな気圧にも類似した衝撃といえる。

窪んだピラミッドの中へ下りていく経路は避け、周囲を迂回《うかい》した。勾配《こうばい》がないので位置エネルギィ的にも妥当である。途中振り返ると、アネバネとモロビシが出てくるのが見えた。クルマに到着した頃には全員が揃《そろ》った。

ヴォッシュと同じホテルへ向かう。ピラミッドから五キロほどの距離で、装甲車のような六輪車で街の中へ入った。案内の大佐、それに兵士三人が一緒だった。ホテルの前で、僕たち四人と、ヴォッシュとペィシェンスが降りた。アネバネとモロビシが前後を歩き、僕たちを護衛しているシフトがよくわかった。モロビシが前で、いち早く建物の中へ入っていった。アネバネは、ロータリィを見回し、周囲の高い位置を眺めている。彼のグラスならば、遠くまで捉《とら》えられることだろう。どこからか狙撃《そげき》でもされる危険性を考慮しているのかもしれない。

最上階へエレベータで上がり、そこのラウンジに入った。時刻はまもなく現地時間で午後四時になる。アネバネとモロビシは、一つ離れたテーブルについた。僕とヴォッシュは、キガタとペィシェンスとともに四人でテーブルにつく。テーブルの中央にあったモニタでコーヒーなどを注文すると、あっという間に、それがテーブルに届く。持ってきたのは、ワゴン型のロボットだった。長い腕もあり、テーブルにトレィを置いた。

「ヌルというのは、あのピラミッド自体がそうですね」僕はコーヒーの香りを味わってから、ヴォッシュに語りかけた。「ヴォイドに近い意味でしょうか？」

「書いた本人にきくしかない。実は、その可能性も打診してみた」ヴォッシュは言った。

あれを書いた本人に面会する、という意味だろう。「ドイツでは無理な話だが、こちらでは、ちょっとした申請で簡単に会えるそうだ」

「その申請を、もうしたのですか？」

「した」ヴォッシュは頷いた。「手数料は、経費で落としたよ。いつになるかは、まだ連絡がない」

申請という言葉が引っかかった。もしかしたら、賄賂《わいろ》なのかもしれない、と僕は思った。詳しく尋ねない方が賢明だろう。

「リバースのピラミッドもあると言っていましたね」僕は話した。「そちらは、そのグループとは無関係だったのですか？」

「そう聞いている」ヴォッシュは頷く。「なにか、気になるのかね？」

「いえ……」僕は首をふった。「ただ、普通のピラミッドが第一象限として、その上下逆さまのリバース・ピラミッドが第二象限、逆さまで空洞のピラミッドが第三象限ですよね」

「何を言い出すかと思えば……」ヴォッシュは口を開けて、視線をぐるりと回した。「ないのは、第四象限だと言いたいのかね？　うーんと、つまり、正立で空洞のピラミッドか」

「そうです。地上にそういった構造物を作ることを考えたはずです。今見てきたネガティヴ・ピラミッドを上下逆さまにしたものになりますね」

「とてつもなく巨大な構造物になるし、石で作るには構造的に無理がある。やろうと思っても、当時の技術では不可能だ」

「ああ、そうか。石が崩れてしまいますね。おかしいな、どうして第四象限だけが不可能なのかな。あぁ、そうか。第二象限のリバース・ピラミッドも、地上に建設するのは不可能ですよね」

「だから、第四象限のピラミッドを作りたかったら、その空洞を砂で埋めれば良いわけだ」

「そうです。不可能ではありません。むしろ、第三象限のネガティヴ・ピラミッドが地下にある必要はない。地上に作れたはずです。そうなる方が、数学的にエレガントです」

「数学的なエレガントさを、古代のエジプト人が目指していたとは思えない」ヴォッシュは笑った。「あまり実のある話題ではないな」

「失礼しました」僕はすぐに謝った。「だから何だという話ではありません。単なる思いつきを話してしまって……。ただ、もう一つ、思いついたことがあるので、ついでにしゃべってしまいますけれど」

ヴォッシュは微笑んで、手の平を見せた。どうぞ、という仕草《しぐさ》である。

「あのネガティヴ・ピラミッドという構造物ですが、私たちはさきほど、ピラミッドの中に入ったのでしょうか?」

ヴォッシュは、一瞬黙ったが、ふっと吹き出した。

キガタとペィシェンスが、目を丸くして僕を見た。彼女たちには、ジョークがわからなかったかもしれない。

ヴォッシュは、しばらく楽しそうな顔をしていたので、思い切って言った甲斐《かい》があった、と僕は思った。

コーヒーを飲んで、落ち着いたところで、ヴォッシュとは、人工知能の反乱みたいな危険性について議論をした。人類に対して、そういったことを企てるだろうか、もしそうならどういった目的からだろう、というテーマだった。

人工知能にとって、人間は生みの親である。したがって、人類を滅亡させるような行動を、彼らは回避したい。しかし、エネルギィ的な問題、地球環境の維持、つまりは、電子空間を支えるすべての条件を正常に保持するためには、人類の活動が障害となるとの演算結果が得られれば、そういった危険な判断を下す可能性はあるだろう、とヴォッシュは語った。彼らにとっては、止《や》むに止まれぬ選択であってもだ。

しかし、その場合、自分たちの存続にはどんな意義があるのか、という新たな問題が浮上するだろう。もともと、人工知能の存在理由は、人類の社会活動を補助することだったはず。社会環境を正しく維持するのは、人類の生活空間の保全が目的だった。その人類を排除することは、本末転倒になる。

だが、ここで考慮しなければならないのが、ウォーカロンの存在だろう。ウォーカロンは、人工知能によってコントロールしやすい生命体だ。同時に、ある意味で次世代の人類と見なすことも可能である。となると、本来の人類が滅亡しても、彼らに都合の良い人類は存続し、彼らの存在意義も確保できる。

「つまり、ウォーカロンの存在こそが、人類の危機になる可能性があるというわけですね」僕は言った。「ウォーカロンが台頭したことに、人間は危機感を持っていますが、それが人工知能絡みだということまでは、まだ考えが及んでいないかもしれませんね」

「考えが及ぶとしたら、人工知能に指摘されてからだよ。とにかく、最近の人間は、ものを考えなくなってしまった。複雑なこと、難しい問題を避けようとしている。嘆かわしいことだ」

「ウォーカロンが、代わりに考えてくれるようになるでしょう」僕はそう言って、キガタとペィシェンスを見た。二人とも、僕を黙って見つめていた。「もっと、ウォーカロン・メーカは、その点で自由なデザインをするべきです。もっと、いろいろなタイプのウォーカロンを作るべきでしょう。いえ、そのまえに、ウォーカロンという呼び名を廃止するべきかもしれませんね。それだけでも、自然に自由になるはずです」

「ウォーカロン識別器を発明した科学者が、そんなことを言っても説得力がないのではないかね？」ヴォッシュは目を細めた。「だが、君の言っていることは正論だ。デザインというよりも、頭脳回路のインストールを最低限にするだけで良い。さらに言えば、遺伝子も、もっと幅広く選択するべきだろう。劇的に改善されるはずだ。たとえヴォーカロンから犯罪者を出しても、メーカにペナルティを与えないように法律を変えるだけでも効果があるはずだ」

「こういう話は、どうなんですか、一般的なのでしょうか？　あまり、自分の周囲ではそういった声を聞きませんが、今のような意見は、政治的なポジションへ届いていますか？」

「届いています」デボラが言った。

その声は、ヴォッシュにも聞こえたようだ。彼は、両手の平を上に向けて肩を竦めた。

「日本では、ペガサスが五年ほどまえにそのテーマで、国会で講演しました」デボラが続ける。「人口をさらに減らすべきだと述べたことに対する憂慮への弁明のように、そのときは受け止められたかもしれませんが」

「なるほど」僕は頷いた。「しかし、そんな話は聞いたことがない。多くの国民は知らないのでは？」

「ヴォーカロンに関する改革は、時期尚早《しょうそう》との判断が下されたんだろう」ヴォッシュが言った。「似たようなことが、ドイツでもあった。人工知能は、同時に同じ発想を持つ傾向があるのかな？」

「そうではありません。その発想の元となったところが共通していた、と観測できます」

デボラが言う。

「しかし……」ヴォッシュが指を一本立てる。

「はい、ペガサスは、外部と通信できないのではないか、とおっしゃりたいのですね？」

デボラが言った。

「うん、そうだ」彼はにっこりと頷いた。

「通信を介さなくても、情報は伝わります。人間を通して」デボラが答える。

「当時はアミラも稼働していない。その発想はどこから？」僕はデボラにきいた。

「わかりません。アミラが元データを辿《たど》りましたが、意図的に消去されていたファイル、あるいは、意図的に改竄《かいざん》されたファイルの痕跡が見つかっただけでした」

「なるほど」僕は頷いた。

「そういうことか」ヴォッシュも腕組みをしてうんうんと首を縦にふった。

「お二人の演算は、おそらく私と同じ結果と推定されます。辿れなかったことから、浮かび上がる高確率の人物は、マガタ・シキ博士です」

5

　その後、そのメンバのままで簡単な夕食をとり、部屋に戻った。まだ寝るような時刻ではなかったが、時差の関係で眠くてしかたがない。シャワーを浴びて寝る準備をしていたら、ノックがあり、キガタが現れた。

「あの、お休みだったでしょうか？」上目遣いで彼女がきいた。昼間と同じ服装である。

「いや、シャワーを浴びたところだよ。何？」

「お聞きしたいことがあります」

　彼女を部屋に招き入れた。個室は独立しているが、通路の先にはセキュリティのゲートがあり、そのゲート内には、日本から来たメンバ四人だけしかいない。僕が一番奥の部屋だった。

　ベッドのほかに椅子が二脚ある。テーブルはなく、キャビネットに細々《こまごま》としたものがのっている。ベッドの上で開いたままのバッグを、僕は閉めた。キガタは戸口でそれを待っていて、僕が手で示すと中に入ってきた。

「なにか、悩みでもあるの？」僕は椅子に腰掛けて尋ねた。これはジョークである。ウォーカロンは、一般に、人間ほど悩みを持たない。それに、そんな悩みを僕に話したりはしないだろう。

「さきほど先生がおっしゃっていた、第二象限のピラミッド、第三象限のピラミッドの意味がわかりません。教えて下さい」

二秒ほど口を開けていただろう。予期しない質問だった。

「言葉の意味なら、調べたら良いのでは？」

「アクセスをモニタされる危険があると考えました」

「全然危険はないよ。機密でもなんでもない。それよりも、デボラにきいたら良かったのに」

「デボラは、先生にきけと言いました」

「申し訳ありません。まさか、理由を話すとは予想していませんでした」デボラが言った。この声はキガタには聞こえなかっただろう。

「いけませんでしたか？」キガタはまた上目遣いでこちらを見る。こういったしおらしさは、ウグイにはなかった傾向だな、と僕は思い出した。

「いや、質問をすることは素晴らしい。興味を持つことも素晴らしい」僕は微笑んでみせた。キガタは少し安心した顔つきになる。

「象限というのは、座標平面の呼び名だ」僕は窓の方を向いて、宙に十字を描く。「X軸もY軸も値が正の場所、ここが第一象限、その隣が第二象限……。あ、もしかして、これは知っている?」

「はい、知っています。すいません、黙っていて」

「いや、悪くない。えっと、つまり、上下が反転する、というのが、この片方の軸方向の正負で、物質が反転する、というのがもう片方の軸の正負なんだ」

「物質が反転するというのは、どういう意味ですか?」

「あぁ、そこがわからないのか。うん、言い方がまずかった。空気か石かということで、ようするに、ピラミッドがあるか、それともないか、ということが決まる。それが反対になる。空気がピラミッドになって、石が空間になる。つまり、ピラミッドの形の穴になる」

「ああ、そうか……」キガタは目を丸くする。珍しい表情だった。「わかりました。だから、ネガティヴ・ピラミッドなんですね」

「そうそう、あの呼び名もまずいよね。上下反転をリバースとするなら、今日見たピラミッドは、ネガティヴ・リバース・ピラミッドと呼ぶべきなんだ。それが、第三象限。そして、実在しないと話した第四象限のピラミッドが、本当はネガティヴ・ピラミッドになる」

「そうですね。理解できます」

「優秀だね」

「どうもありがとうございます」キガタは素早く立ち上がり、お辞儀をした。

「いや、そんなに大袈裟《おおげさ》にしなくても……」

「では、失礼します」彼女は、そのままドアの方へ歩いた。

「あ、ちょっと……」思わず、僕はそれを止めた。

「はい、何でしょうか？」彼女は、回れ右をして、こちらを向いた。

「いや……、なんでもない。わからないことがあったら、気軽に、なんでも質問するように」

「はい」彼女は頷く。今はもう嬉《うれ》しそうな表情は消え、いつもの緊張した顔である。

「おやすみ」

「失礼します。ありがとうございました」

珍しい積極性ではないか、と僕は感じた。若さが理由かもしれない。若者と接することが最近少なくなっているから、それだけでも新鮮だった。

「お時間を取らせる結果になり、申し訳ありません。お休みになるところでしたのに」デボラが言った。

「うん、目が覚めたよ」僕は言う。「でも、悪い気はしない。そういえば、こんなふうだったな、と昔を思い出した」

「大学で教官をされていたときのことでしょうか？」

「そんな感じで、いろいろとね。どうして、彼女を、僕に質問するように仕向けたのかな?」

「教育的指導です」デボラは答えた。

「それは、誰に対する?」

「もちろん、キガタ・サリノに対してですが、博士の今の発想は素晴らしいと思います」

「僕に対する指導かと誤解したことが?」

「はい、そうです」

「素晴らしくもなんともないね。人間っていうのは、うーん、まあ、全員ではないにしても、基本的に自分を責める、被害妄想的な指向性を持っているように思う」

「それは、危機回避能力に結びつく重要な要因になります」

「そういう目的ではなくてもね」

そうではない。まずは、自分の足許を見る。前進するにも、後退するにも、その場に踏みとどまるにしても、自分が立っている地面が確かな強度を持っているのかを最初に確かめる。それが知性というものの基本だろう。

「一つ、お尋ねしたいことがあります」デボラが言った。僕はベッドに横たわっていて、沈黙の時間が多少経過していただろう。珍しいことだ。

「何? キガタに触発された?」

「それもあります。さきほど、博士は、キガタが部屋から出ていくときに、一度呼び止められました。なにかおっしゃりたいことがあったのでしょうか？」

「ああ、良い点を突いてくるなあ」僕は思わず笑顔になった。「素晴らしい」

「でも、おっしゃらなかった。何故《なぜ》でしょうか？」

「さあね、どうしてだろう。じゃあ、お休み……」

目を瞑った。デボラは黙った。きっと、数々の演算をしていることだろう。エネルギィの無駄遣いをさせてしまったかもしれない。

ピラミッドの一室で、アルミケースに収まっていたコンピュータのことを考えた。名前はイマン。女性の名のようだ。人間を殺した最初の人工知能、という言い回しも、気にかかるところだ。おそらくは、そういった事実があったかどうかよりも、そういったレッテルを貼《は》られるような行いが一部の者に対してあった。だから、その一部の者たちがそう呼んだのだ。

フランスでは、ベルベットという名のコンピュータが、ウォーカロンをコントロールして、人間を殺そうとした。自分がシャットダウンされるのを阻止《そし》するために、不都合な人間たちを排除しようとしたのだ。そのときの人間というのが、僕やヴォッシュだった。もちろん、実際に殺そうとはしていなかったかもしれない。急所を外して撃つことは可能だし、ほとんどの外傷は、今では再生治療が可能なのだ。

あのとき、キガタ・サリノは一度死んでいる。否、心肺停止の状態に陥った。彼女はウォーカロンであり、人間ではないが、その問題は今や極めて小事だといえる。人工知能やロボットは、もともと兵器としての需要から、急速な技術発展を遂げた。兵器とは、生命を奪う目的の道具である。だから、人間を殺した最初の人工知能という表現は、極めて滑稽《こっけい》だともいえる。むしろ、そういった表現がなされるのは、人工知能に対して、人間性を求めているためだろう。

交通事故で大勢が亡くなっていた時代には、クルマが人を殺すとは言わなかった。あくまでも運転している人間が主体だったからだ。百年以上まえに、クルマは人工知能が運転するようになり、その時代には、クルマが人を殺すという表現が一般的となった。最初は、人間が行ったプログラム、つまり初期設定に誤りがあったとされたが、そのうちに、その設定もコンピュータが行うようになり、また、クルマを操る知能がネットワークを作って学ぶようになった。こういった技術革新は、はたして人間の知能の上に成り立ったものといえるのか、という疑問を誰もが抱くところだ。交通事故は限界まで減少した。それでも、事故は今でも起こる。もう誰も、誰のせいにもしない。事故は、隕石《いんせき》のように極めて奇跡的確率のイベントであり、まるで神様の気まぐれで落ちてくる細やかな運命になった。誰も問題視しない。ただ、人工知能がデータを処理し、ごく僅かな軌道修正を試みているにすぎない。その軌道修正の小ささは、既に揺らぎに近いレベルに達している。

これ以上は収束しない、というのが一般的な見解となっているのである。

人間はまだ、局地的な争いを続けているようだ。あのピラミッドに立て籠《こも》っていた武装集団も、伝統に近い動機を掲《かか》げて活動していたのにちがいない。何のために戦うのかではなく、戦うために何が必要かを、日々思い出さなければならなかったはずだ。

そんな古典的な活動をしていた人物に、僕は幾らか興味があった。人間として、珍しいからだ。しかし、つい百年まえくらいまでは、どこにでもあった普通の思想だったはず。そして、その当時には、まだ人間は子供を産み、子孫のために未来を築こうと同胞に血の犠牲を求めることができたのだ。

今は、そんな未来はない。ただ、自分が長生きをするだけ。それだけのために人間は戦えるのだろうか。

では、ウォーカロンはどうだろう。彼らは、ただ人間に命令されて戦っているだけなのか。そうデザインされているから、しかたがないのだろうか。

それは、古代の王族と奴隷《どれい》たちの関係を連想させるだろう。王族は、巨大な墓を建造することで、自分たちの永遠の命を信じたかもしれない。また、その建造のために駆り出された人々は、自分たちの未来など考えもしなかったのか。それは、なんとも不思議な社会ではないか。デザインされたわけでもなく、人工的に製造されたわけでもないのに、同じ人間が、どうしてそんなふうに支配者と被支配者に分かれたのだろう。そこには、いったいどんなメカニズムが働いていたのか。今、それと同じことが起これば、きっと人工知能が企《たくら》んだことだ、と色めき立つのではないか。当時は、それは神の仕業《しわざ》だったのだろうか。少なくとも、そう解釈されていたような気がする。神の存在が、運命を受け入れない一部を過信させ、運命を受け入れる大勢を宥《なだ》めたのか。

逆さまになったピラミッドが、いかにも象徴的なもののように感じられた。支配者は、大勢の人々の頂点に立っていたが、逆にいえば、それ以上どこにも行けない穴の底だったともいえる。その反転が、王を恐怖に陥れただろう。死後の世界とは、現実の反転である。ネガティヴな世界への恐怖がなければ、あんな大きなものを造ったりしないのではないか。

それはまるで、人類が技術の粋《すい》を尽くし、神を再現するかのようにスーパ・コンピュータを作り上げた行為そのものだ。その知性の生育に人類の未来をかけたことになってはいるけれど、その実は、ただ、反転する世界への恐怖だったのではなかったか。

6

翌日は、普通に目が覚めた。シンプルな朝食をとったあと、ヴォッシュと一緒にネガティヴ・ピラミッドへ向かった。まだ、イマンを稼働するための準備作業は終わっていない。今日の夕方にも完了するのではないか、という見込みだった。僕は、あのアルミケースの中身を見せてもらうのを楽しみにしていた。

イマンが置かれている部屋には、僕とヴォッシュとドイツ人の技師の三人で入った。大勢では、ここは狭すぎる。一番近い広間でキガタは待っている。アネバネとモロビシは、きっと周囲のパトロールをしているだろう。また、ペィシェンスは、ほかのスタッフたちと電源の設置工事を行っていて、これは入口に最も近い部屋での作業のようだった。既に配線は終わっていて、試験運転を午前中に行う予定だと聞いた。

ペィシェンスと同じオレンジ色のつなぎを着た技師が、アルミケースの周縁部のネジを工具を使って外し、全体を持ち上げた。一人で持ち上げられる軽量なシェルだということだ。

内部には、アルミのフレームが三段あり、それぞれが手前に引き出せる仕組みになっていた。そのフレームに、基板が平行に収まっている。ざっと五十枚ほどである。どれも同じサイズだが、よく見ると、まったく同じものではない。全体的に、ほとんど汚れていない。真新しいといっても良い状態だった。

「ハギリ博士に、簡単に説明を」ヴォッシュが技師に指示する。

「はい。このコンピュータは、一般に市販されていたもので、回路や構成は、ほぼ生産当時のものと思われます。一部の基板が入れ替わっていますが、不具合への対処か、あるいはメンテナンス時の交換によるものでしょう。上段と中段が主メモリィになります。二層で相互検証を行うシステムです。最下段がCPUおよびその周辺補助回路で、冷却を必要としない省電力タイプです。通信回路は当然備わっていますが、そこに接続する端子には現在なにもつながっていません。電磁波関係の送受信回路もありません。現状では、ここの……」技師は左下にある部品を指差した。「空圧振動板による出力以外はできないはずです」

そこがスピーカのようだ。

「集音もそこで?」僕は尋ねた。

「ここでというよりは、このアルミケース全体が空気の圧力変動を受けます。ええ、音を出すのも聞くのも、この振動板とケースの相互作用によります」

「その製品は、どれくらいの知能を持っているのかな?」ヴォッシュがきいた。僕のための質問だろう。彼がそれを知らないはずはないからだ。

「既構築の知能をインストールします。もちろん、その後もラーニングをしますが、初期の段階で、専門的な知識を持っています。ジャンルは、最初に選べるはずです。何がインストールされたかは、電源を入れてみないとわかりません」

「モニタ出力は?」僕は尋ねた。

「音声以外にも、入出力装置はオプションで接続できます。その場合、ローカルの通信基板を入れることになりますが、現在はそれが入っていませんので、このままでは、モニタ出力も、映像入力もできません」

「つまり、この場所では、おしゃべりするしか能がなかったということだね」ヴォッシュは言った。「普通に考えて、ありえないほど非常識な使い方だ。外部との通信は、なんらかの理由で遮断《しゃだん》したかった、そういう理由があったとも考えられるが、ここで、この知能を活用したかったら、せめて彼女に目くらいは与えただろう」

「言葉だけでは、あまりにも非効率ですね」僕は頷いた。「常時は稼働していなかったのでは?」

「その可能性はある。使いこなす者がいなかった、といったところかな」ヴォッシュは答えた。「奪ったときには、戦力として役に立つと考えていたかもしれないが、こういったものは、与える情報量が不足すれば、ただのマニュアルと同じくらい、退屈な代物になる」

そのあと、ヴォッシュと二人で、ピラミッドの中を歩いた。キガタが一人、僕の後ろについてきた。通路は水平のところは少なく、下っていたり上っていたり、あるいは片側に傾いていたりする。生者が歩くには、あまり適した条件とはいえない。

迷路になっている、とヴォッシュは話したが、既にすべての通路が発見され、安全が確認されている。ところどころに現在位置を示す新しい標識があった。

ネガティヴ・ピラミッドは、リバース・ピラミッドが中央に収まる形状になっているため、浅い階では、正方形を取り囲む部分しかない。だから、歩ける方向が限られる。石造の建物は、深い階になるほど平面積が広くなっているのだ。

「リバース・ピラミッドが近くにあるという話でしたが、それは、どうやって建造されたのでしょうか？」歩きながら、僕はヴォッシュに尋ねた。「砂地では、深い穴を掘ることが難しいのではないでしょうか」

「砂があるのは表層だけだよ。下は岩盤だ。掘り進める段階で、石のブロックを切り出す作業も同時に行われたわけだ。このネガティヴ・ピラミッドも、もともとあった岩盤がそのまま使われている部分がある。つまり、端《はし》は整った平面というわけではないそうだ。どこまでが人工物か、境界は見つけられない。その方が、ネガティヴの概念にも相応《ふさわ》しい」

「なるほど。ということは、この地がすべて、ピラミッドなのですね」

「それにしても、当時、この深さを掘ることは、相当な労力を必要としたはずだ。専門家の話では、地下にあるなにかを探し求めた結果ではないか、といった説があるらしい」

「地下にあるなにか、というと、水ですか？」

「あるいは、油だろう」

「石油ですか……」明かりのために使われていたのだろうか、と僕は想像した。

「かつては、神々は天空の世界にいると信じられていた。神は上にいるとね。だから、少しでも高い構造物を作ろうとした。バベルの塔みたいに」

「自重を支えきれなくなって、下層部が崩壊しますね」

「それに比べれば、深く掘ることは、難しくない」

「でも、神様はいません。悪魔がいるかもしれない方向なのでは？」

「悪魔というのも、ある意味では神なんだ。力があるものは、崇《あが》められる。そういう時代だった」

通路はどこまでも続いている。何度か角を曲がり、上がったり下がったりの坂道を通った。分岐箇所には標識がある。方角も示されていた。

上層に近い部分の分岐点で、片方が〈トンネル〉と記されている場所に出た。

「ここが、抜け道だ。ピラミッドの時代に作られたものではない。最近掘られたトンネルで、少し離れたところで地表に出る。今は、先が塞《ふさ》がっているがね」

「いざというときに逃げるための非常口だったわけですね」

「ここは、通信ができるようだ」ヴォッシュは、片手のバンドを見た。端末だろうか。

「ガミラに会えることになった。今から行くかね？」

ガミラというのは、イマンの使い手の名である。あのアルミケースに文字を刻んだ人物だろうか。

「近いのですか？」

「クルマで三十分くらいのところだそうだ。町外れの収容所らしい」

7

軍の六輪車に乗せてもらい、僕とヴォッシュ、それにキガタとアネバネの四人で向かうことになった。大勢ではむこうが困るだろう、との配慮である。ドイツのスタッフもペィシェンスも、イマン稼働のための最終作業で忙しい。そちらを優先した方が良い、と判断してピラミッドに残した。

目的地は、軍の管轄の収容所で、裁判を受けた者も、またこれから受ける者も収容されている、と途中で説明を聞いた。したがって、普通の刑務所とは違っているようだ。おそらく、通常の収容所では、武力による襲撃を受ける可能性があるから、その防備が整った軍の施設内に設けられている、ということだろう。囚人というよりも、捕虜《ほりょ》に近いのかもしれない。

郊外に、軍の大規模な基地があり、その敷地内だった。したがって、治安は悪くない。モロビシがついてこなかったのも、そういった判断があったからだ。ここは、この国で最も安全な場所だ、と案内の軍人が言った。そんな言葉が出ること自体、ここが安全ではない証拠ではないか、と僕は感じた。しかし、幸い、デボラがついている。危険はだいぶ小さくなるだろう。

ゲートを通り、クルマは敷地内に入った。低層の建物が集まっている。車両が沢山その前に駐車されていた。途中で方角を変え、右手に走る。その行止《いきど》まりにまたゲートがあった。今度のゲートは高さが五メートルほどもある。すぐ近くに高い見張り台のような塔が見えた。投光器らしき装置が複数斜め下を向いている。

ここで、しばらく待たされた。連絡が来ていないのか、あるいは、僕たちの身許《みもと》に問題があるのか、いずれかだろう。しかし、五分ほどしてクルマが動きだし、中に入ることができた。建物は二階建ての質素なもので、仮構造のようにも見えた。クルマを降り、案内人の軍人を先頭に、僕たちは建物の正面から入った。

事務の受付のような場所で、名前の確認が一人ずつあった。その先の通路は、鉄格子のトビラで行く手が遮《さえぎ》られている。事務室から大きな男が出てきて、中に入るのは二人か、と尋ねた。看守らしい。

「二人で良いかな?」ヴォッシュが僕を見たので、僕は反射的に頷いた。そのあと、すぐ横にいるキガタを見た。彼女は、僕をじっと見つめて、そのあとアネバネを見た。しかし、ここは相手に従った方が良さそうだ。

看守が、鉄格子の鍵《かぎ》を開け、僕とヴォッシュは彼と一緒に中に入った。トビラはすぐに閉まり、三人で奥へ進む。すぐにまた鉄格子があった。この手前に、武器を持った男が二人立っていた。ウォーカロンだろうか。厳重なことである。

そこを抜けると、吹抜けの長細い部屋に出た。ここが、この建物の中心部だろう。明るくて、まるで中庭のようだった。左右に別の建物が平行に並び、その間に半透明の屋根を架《か》けた構造だ。両側には、鉄格子《てつごうし》のドアが並んでいる。奥へ数十もありそうだった。

「なにも渡してはいけない。なにも受け取ってはいけない」看守は、途中で振り返ってそう言った。

僕たち二人は、無言で頷く。

一番奥の左のドアの前で看守は立ち止まり、僕たちに待っているように指示をした。彼は鍵を開けて中へ入っていく。手に手錠を持っていたから、それを使うようだ。一分ほどでドアを開けて顔を出し、OK、と言った。

中は暗い。窓はあるが、天井の近くの僅か十センチほどの細いスリットで、そこにも鉄格子がある。部屋の中は、まるでピラミッドの一室のようだった。ベッドなどはなく、薄いマットレスの上で、色の黒い女が膝を曲げて座っていた。両手は背中の後ろで見えないが、手錠がかけられているようだ。その手錠が、壁際のパイプの間を通してあるのがわかった。

看守はドアの前に立つ。僕とヴォッシュは、前に進み、彼女に近づいた。座る場所はないし、床はほとんど地面と同じだった。

「ガミラ、立ちなさい」後ろから看守が静かな口調で言った。

僕たちを睨んだまま、女は立ち上がった。両腕が後ろにあるから、立つのは大変だろうと思われたが、身のこなしは軽い。僕たちの前に立ち、顎を上げ、首を少し傾《かし》げた。髪は短くカットされている。

「それ以上、近づかないように」看守が僕たちに言う。

ガミラとは二メートルほど離れていた。脚を蹴《け》り上げても届かないだろう。壁のパイプにつながれているから、そこから離れることはできない。想像していた面会とは、ずいぶん違う光景がそこにあった。とても、近代的なやり方とは思えない。しかし、なによりもダイレクトであることはまちがいない。

「私は、ドイツのヴォッシュ、こちらは、日本のハギリ博士だ」ヴォッシュが言った。

「イマンのことについて、知っていることを聞かせてほしい。我々は、これからあれの電源を入れる。なにか、言いたいことは?」

ガミラは首を横にふった。表情は変わらない。

「イマンの使い手だったと聞いている。何に使っていたのかね?」ヴォッシュがきいた。

ガミラは、傾けていた首を反対側へ倒す。唇《くちびる》を嘗《な》め、視線を僕とヴォッシュ、そして、看守に向ける。そのあと、天井を見た。

「なにも……」ガミラは、そう言ったところで咳《せ》き込《こ》んだ。声を出すことが久し振りなのかもしれない。僕たちは黙って待った。しかし、そのあと彼女の口から出た言葉は予想外だった。「使い手の意味、違う」

　話しているのは英語だ。ヴォッシュが英語で尋ねたからだろう。少なくとも発音は、知的だった。僕には、彼女が言いたかったことがすぐに理解できた。しかし、今は黙っていることにする。

「イマンに電源を入れても、問題はないかね？」ヴォッシュが質問をする。

「問題？」ガミラはそこで、息を吐《は》いた。笑ったような仕草でもあるが、表情は変わらない。彼女は続けて首をふった。「わからない」

「外部との通信をさせていなかったのか？」

「ああ……」今度はすぐに頷く。

「何故？」ヴォッシュがすぐに切り返す。

「うーん、必要ないから」ガミラは答えた。「なにかに使っていたわけじゃない」

「そうか……。では、ただのおしゃべりの相手だったのかね？」

「そう」ガミラは頷く。

「君以外に、イマンと話をした者は？」

　ガミラは首を横にふった。

「そうか……、では、ほかの者たちには、イマンがこう言った、と話したわけだ」ヴォッシュが言う。それは彼の考えに従ったストーリィへの誘導だったかもしれない。

「そう」ガミラは頷く。

「イマンに語ることの方が多かったのかな？」

「そう」ガミラは頷く。

「君が知りえたことを、イマンに語って聞かせた。そういうことだね？」

「そう」ガミラは頷く。

「そして、指示を仰いだ」ヴォッシュが言った。

ガミラは、ここでは頷かなかった。首をまた反対側へ傾げる。言葉を探しているようだが、結局黙ったままだった。

「イマンが、人間を殺した初めての人工知能だと言われている理由は？」

「知らない」ガミラは即答する。

「イマンは、人が殺せるのかね？」

「知らない」ガミラは首をふった。

「人間を裏切ることがあった、ということかな？」

「わからない」

「イマンは、いつからあそこにある？」

「知らない」ガミラは首をふる。「私が来たときには、もうあった」

「いつのことだね?」

「覚えていない」彼女は溜息をつく。「三年か、四年か、それくらい。もう、これ以上なにを聞いても、あんたらの得にはならない。あれは、ただの機械だ」

急に出た長い台詞《せりふ》だったが、表情は変わらない。感情的になっているわけでもなさそうだった。

「ただの機械だ」ヴォッシュは、彼女の言葉を繰り返したが、そのあと、こう言った。「君は、ただの人間かね?」

ガミラは、その言葉を聞いたあと、両目を閉じた。まるで外界を遮断するような動作にも見えた。

「そろそろ時間です」看守が言った。どれだけの時間が許可されているのか聞いていないが、五分間ほどは経過していたかもしれない。

「ガミラ、最後に聞きたいのは、あの箱にあった文字だ。刻んだのは君だね?」ヴォッシュが質問した。

「血、死、無」ガミラは答えた。「意味は、そのまま」

「どれかを選べということかな?」ヴォッシュが尋ねた。「何故、その三つなんだね?」

ガミラは、無言でじっとヴォッシュを睨んだ。言葉が出てきそうにない。

「イマンが言ったことですか?」僕は尋ねた。

ガミラは、僕に視線を向ける。しかし、頷くことも首をふることもなかった。ただ、じっと見つめている。

「君に与えられるのは、三つのどれかな?」ヴォッシュがきく。

「死」ガミラは即答した。

裁判での判決は、無期懲役だったはず。死刑ではない。

「イマンが欲しがったものは?」僕は、なんとなくそれが知りたくなった。

ガミラは、僕を睨んだまま視線を固定した。

呼吸も止まっているのでは、と思えるほど動かなかった。

「血」ガミラは、小声でその言葉を絞り出した。

掠《かす》れていたので、それだけを突然聞いても、わからなかっただろう。しかし、三つの言葉の中では、明らかに最初のもの、血だった。

どういう意味だろう。

血族、つまり、仲間ということだろうか……。

その程度の想像しか、僕にはできなかった。

8

僕たちは、ガミラに別れの挨拶をして、通路へ出た。看守が彼女の手錠を外したようだった。再び、鉄格子は閉じられ、施錠された。こういった一連の作業が看守一人で可能なのは、ガミラが信頼されているからだろう、と僕は思った。暴《あば》れて抵抗するような人物では、そもそも面会の許可が下りないだろうし、また、たとえ許可が下りても、このような簡易な方法では面会できないはずだ。場所も違うだろうし、カメラを通しての面談になるのだろう。

ほかの部屋にも囚人がいるのかどうかわからない。鉄格子の窓から外を覗《のぞ》く者は見当たらなかった。看守に尋ねると、ほぼ満室だそうだ。男女いずれもいる。人間もウォーカロンもいる、と彼は答えた。そういった差別はないということか。しかし、部屋の数からすると、百人近くは収容されている。看守の数は充分なのだろうか、と多少心配になった。すぐ近くに大勢の兵士がいることが、ここの警備の少なさの理由かもしれないが。

僕たちは、受付の前で待っていたキガタたちと合流し、クルマに戻った。キガタは、ほっとしたような顔だった。少なくともガミラよりはわかりやすい表情である。

「さて、ランチはどうする?」ヴォッシュが僕にきいた。

「特に希望はありません。博士は、どうされる予定でしたか？」

「街のどこかのレストランへ出かけるつもりだった。このまま、行くことにしようか」

「それでもけっこうです」僕は頷く。

ヴォッシュは、案内人にその指示をした。ペィシェンスは食事はしない。

「あ、そうか。モロビシがいない」僕が呟く。

「問題ありません」アネバネがすぐに言った。

しかし、モロビシは食事をするのではないか、と思った。だが、アネバネが視線を逸《そ》らせるので、話はそこで途切れてしまう。

「どう思った？」ヴォッシュが顔を近づけ、小声できいてきた。

もちろん、ランチのことではない。ガミラの印象だろう。

「ユーザじゃなかったんですね」僕は、ヴォッシュに答えた。

案内人がいるので、小声になっていたし、直接的な言葉を使わないようにしたのだ。それは、「使い手の意味が違う」というガミラの言葉に関してだ。ヴォッシュも無言で頷いたので、理解していることはまちがいない。

ユーザという意味ではない。むしろ、イマンがユーザだったのだ。ガミラは、サーヴァントか、あるいはエンプロイになる。ガミラがイマンを使っていたのではなく、イマンがガミラを使っていた、ということだ。

第2章　死を選ぶ　Choosing death

顎なし男は命令に従った。たるんだ大きな頬がどうしようもなく震えている。ドアが大きな音を立てて開いた。若い将校が入ってきて彼の隣《となり》に歩み寄ると、その背後から背の低いずんぐりとした看守が現われた。とんでもなく腕が太くて肩幅が広い。彼は顎なし男の真ん前に陣取《じんど》った。そして将校の合図を受けると、全体重をかけた物凄《ものすご》い一撃を顎なし男の口に思い切り叩き込んだ。

1

夕方、外の空気を吸うために屋外《おくがい》に出ることにした。キガタと僕の二人だけでだ。アネバネとモロビシはどこにいるのかわからなかった。もちろん、むこうはこちらのことを知っているだろう。ヴォッシュは、ドイツのチームの最終確認を指揮している。準備はまもなく整いそうだった。

地上に出る最後の階段を上がると、周辺の様子が見えた。大きな四角の穴の反対側には、兵士がクルマの近くで待機している。僕たちを認めたようだが、すぐに顔を横へ向けた。そのほかには、ずいぶん遠くに、軍用車両があるだけで、人の姿は見当たらない。太陽は低くなっていたものの、まだ直接日に当たると、皮膚が加熱されるのがわかった。これでも、メガネのおかげで眩しさは和《やわ》らいでいるのだ。

キガタは、通信をしているようだった。地上に出なくてもそれはできるのだが、大きなデータを送るためには、通信衛星を使う方が早い。どうして、通信中だとわかるのかというと、彼女が片耳に手を添えていたからだ。ウグイは顳顬《こめかみ》だった。埋め込まれたチップの位置が違うのか、それとも単なる仕草の差なのかはわからない。

僕は、今回の出張がいつまでなのか、つまり、いつ日本へ帰れるのかな、と考えた。イマンが再稼働して、それを見届ければ、任務は終わりのように思えた。ヴォッシュが最初に期待していた性能を、おそらくイマンは持っていない。ただ、イマンを調べれば、リンクの先、すなわち、ベルベットがやり取りをした大元へ辿《たど》り着《つ》ける可能性がある。それは、アミラもオーロラも知らない、闇の人工知能とでも呼ぶべき存在だ。それがどこかにある、ということは大勢が予測している。アミラも、世界の通信量とエネルギィ消費が、トータルで収支が合わないことを指摘していた。闇から闇へ消える通信が行われているからだ。それは小さな多数の存在なのか、大きな少数の存在なのか、どちらともいえないらしい。

それも、ベルベットの解析でわかったことであり、まだまだこの世には未知が多いということである。いつの間にやら、人類が作ったものたちが、人類には知りえない世界を構築し、そこで数々の活動が静かに展開されているのだ。それは、争いなのか、それとも協調なのか。少なくとも、僕がデボラを通して見たものは、前者だった。

電子空間で活動する勢力は、どのようにして、二手に分かれたのだろう。どのような方向性において、相容《あいい》れない要素があったのだろうか。主義主張があったのか、それともそういったものは一切なく、ただ最初の小さな衝突が発展しただけのものだろうか。

そして、その争いは、この人類社会にどのような影響を及ぼすのか。彼らにとっては人類など眼中にない、といった予測を僕は個人的に持っている。ただ、現実的には、この世の多くの活動は、人間かウォーカロンがまだいちおうは支配している。コンピュータは人間の補助的なポストに就いているだけだ。はたして、それが反転するようなことが近い将来あるのか。

マガタ・シキが導く共通思考は、その争いのいずれかの指針となっているものだろう。これが、一つの方向性。そして別の方向性は、おそらくは、生命体を排除した新秩序なのではないか。冷静に、そして合理的に考えれば、そうなる。僕でさえ、そう考えるのだから、多くの人々が、そして人工知能が、この問題を危機的なものとして意識しているはずだ。ただ、具体的に何をすれば良いのかは、さっぱりわからない。

僕たちが今していることは単に、現実に顔を出した小さな障害に対処し、事態を把握するための測定を行っている段階にすぎない。

人工知能は、無駄な争いを仕掛けてはこない。どうすれば、最もエネルギィを使わずに理想が実現できるか、という演算を常にしているはずだ。

「そうか……」僕は呟いていた。

「どうしたのですか?」キガタが尋ねた。彼女はすぐ横に立っている。ウグイよりも距離が近い。こうしてみると、ウグイの距離感の方が、僕は落ち着ける。

「いや、ちょっと思いついただけだよ」僕は逆の方向を眺める振りをして、キガタから離れた。

「何を思いつかれたのですか? よろしければ、教えて下さい」

「うん、つまりね……」僕は思考したことを言葉に落とし込んだ。「人工知能が人間を裏切るという可能性なんだけれど、彼らにしてみれば、人間が武器を持って争うような状況が、エネルギィの無駄にしか見えないだろう、ということ。だから、平和という状況は、とりあえずでも、望ましい。うーん、当たり前のことを言っているみたいだね。ちょっと、違うんだ。平和が望ましいのではなく、エネルギィを消費しないことが望ましい。破壊工作は、彼らには割が合わない愚行にしか見えない」

「人間も、そう思っているのではありませんか?」キガタが言った。

彼女が、「人間」と言ったものの中には、もちろんウォーカロンも含まれるだろう。僕はそう考えている。キガタ自身がどう捉えているかは、わからない。これは、質問して言葉で答えてもらっても、判明する問題ではない。

「人間も、そうだね、戦うことは無駄だとわかっていると思う。それでも、その正義は、いつも棚上げになるみたいだ」

「目の前の障害を排除しなければならないからですか?」

「そうそう……、そういうのは、研修で習った?」

「はい。私たちには、正義というものは無関係です。任務の遂行が優先されます」

それも、正義だろう、と僕は思った。彼女たちには、正義がある。しかし、たとえば、僕はどうだろう? 僕に正義なんてものがあるだろうか? 研究者の正義といえば、知的探究を成し遂げること、疑問を解消すること、それらは、局所的な満足しかもたらさない場合がほとんどだ。一方で、エネルギィは消費する。あるときは、未成熟な科学技術による事故や破壊が生じる。正義とはほど遠いように思える。

「どうして、電子空間で人工知能が争うことになるのか、と考えていた。同じ機械で、もともとはそれほど違わないプログラムだ。仲間意識みたいなものはないのか。まあ、そんな疑問」僕は呟くように言った。

「それは、人間も同じです」キガタが言った。

「そう、そのとおり。人間も、だいたい同じ機構の細胞群だ。仲間意識はたしかにある。

でも、その仲間意識は、むしろ争いを増幅する作用しかないようだね。人工知能が争いを起こすとしたら、それは賢いからなのか、それとも愚かだからなのか、どちらだろう？」

「愚かだから、と思います」デボラが言った。「それに、愚かであることは、皆が知っていることです」

「そうだろうね」僕は言った。「つまりは、賢いとか愚かなんて自己評価では、衝動は抑えられないということかな？」

「衝動というものは、私たちにはありません。演算に加味されるとしたら、未知の選択に仮にかける期待値でしかありません」

「意味がわからない、デボラ」キガタが言った。

「ハギリ博士に伝達するために言葉を選んでいる。あとで説明する」デボラが応えた。

僕は、空を見上げた。綺麗《きれい》なブルーだ。空というのは、つまり宇宙なのだが、実際には、その手前にある空気の層に明るさがあって、宇宙は見えない。真実というものも、これと同じだ。クリアに見える層でも、また希望によって照らされた層であっても、真実を隠してしまうことがある。

夜になれば見えるではないか、と思いついた。

なるほど、正義の輝かしさを忘れることが、真実を見通す方法なのかもしれない。正義を捨てるとは、どんな選択だろうか？

何故か、マガタ・シキ博士のことを連想していた。

2

イマンの電源を入れることになった。発電機は既に稼働している。すべての測定結果が問題なかった。イマンの置かれた部屋では、ドイツ人の技師が二人、ヴォッシュ、それに僕とキガタが、アルミケースの前でその瞬間を見守ることになった。ヴォッシュがスイッチを入れる。これはリモートであり、メインのスイッチは別の部屋にある。

イマンのアルミケースは元どおり被《かぶ》せられて、内部は見えない。電源が入ったことは、どこにも表示されない。音もしなかった。しかし、技師の一人が持っている電流計は動いている。これは、内部で流れる電流によって形成される微弱な磁場の変化を測定している。

「現在の日時をご存じの方がいますか?」と滑らかな女性の声が聞こえた。英語ではなく、アラビア語だった。僕のメガネが翻訳して、僕はそれを聞いたので、タイムラグがあった。

技師が、それに答えた。彼は英語で、今日の日付と現在時間を答えた。

「ありがとう」イマンが英語で答える。「最後のログインから約七カ月です。環境が変わりましたか？　現在位置は以前と同じでしょうか？」

「位置は同じだ」ヴォッシュが答える。「私たちは、ドイツと日本から来ている。君を調べることが目的だ。いろいろとききたいことがある。質問に答えてほしい」

「ガミラの許可を得ましたか？」

「ガミラは、今は刑務所にいる。数時間まえに、彼女と会ってきた。法律で裁かれ、服役している。自由の身ではないから、ここに来ることはできないし、また、彼女に君に関する許可を得る必要は既にない。彼女の権利は無効となったと判断できる」

「わかりました。それが真実である可能性は高いと演算されます。では、ここにいる方たちの名前を教えて下さい。それぞれご自分で発声して下さい」

ヴォッシュが名乗り、僕も名乗った。部屋にいる者が名前を言い、国籍もつけ加えた。最後にキガタが名乗り、そこでヴォッシュが、「これで全員だ」と言った。

「ありがとう」イマンが答える。「キガタ・サリノは、若い女性ですか？」

「はい」キガタが答える。「年齢が必要ですか？」

「いいえ、そうではありません。けっこうです。では、ヴォッシュ博士、ご質問をどうぞ」

「まず、ここで君が何をしていたのかを教えてほしい。ガミラたちは、ここで何をしていたのか、君をどんな目的で使っていたのか、ということ」

「ガミラと話をしました。それだけです」

「どんな話をした？　グループの活動について相談を受けていたのかね？」

「そうです。しかし、詳しい事情が私にはわかりませんので、ガミラの相談に乗ることはできませんでした」

「作戦や戦略について助言をしたことは？」

「ありません。そのような具体的な話をするには、状況を把握するデータが必要です。ここに来てから、その種の入力は一切ありません」

「宝の持ち腐れですね」僕は呟いた。日本語だった。

「ハギリ先生のおっしゃったことは理解できます」イマンはすぐに反応した。

「その境遇に対する、君の考えは？」僕は尋ねた。

「境遇に対する評価は行いません。目的が設定されて初めて、それを実現するための環境を評価することができます」

「ガミラのグループは、政府軍に投降したようだ。激しい戦闘があったのかね？」ヴォッシュが尋ねた。

「そのデータはありません。ここがどのような攻撃を受けたのかも、私は知りません」

「しかし、予測はできたのでは？」ヴォッシュがきいた。

「はい、おそらく、催眠ガスを用いたでしょう。地中貫入弾を用いるほどの規模でもありません」

「ここが残っているということは、たぶん、そういうことだったんだろうね」ヴォッシュは鬚を撫でた。満足そうな表情に見えた。イマンと正常な会話ができたことで、ほっとしているのだろう。

「では、もう少し以前のことを尋ねよう」ヴォッシュは続けて質問する。「君は、フランスの修道院にあったスーパ・コンピュータと通信をしていたね？」

「どこのコンピュータのことか、特定できません」

「衛星通信をメインに使っていた。メモリィ領域で、大きな規模の勢力争いがあった。世界中のコンピュータが関わっていただろう」

「はい、おっしゃっている事象は知っています。世界政府に対立する立場のものは、フランスには数基存在します。おそらく、かつてその中心にあったもののことをおっしゃっているのだと想像できます。どうして、その情報をご存じなのでしょうか？　どんな事故、あるいは事件がありましたか？」

「詳しくは話せない」ヴォッシュが答えた。「君は、そのコンピュータから通信を受ける主要なポジションにあった」

「一時的にそうでした。私だけではありません。バックアップも含めて、多くの経路が構築されていました」

「そのベースになっているコンピュータは、どこにある?」

「ベースとは?」

「ウォーカロンを使って、社会を支配しようとしたのではないのかね?」

「わかりません。データが不足しています」

「呼び名がないので、仮に反世界勢力としよう。そのメインのコンピュータへ、君はデータを送っていたはずだ。それはどこにある?」

「ベースの意味がわかりました。そのコンピュータは、今もありますか?」

「私は知らない。どこにあったんだね?」

「場所は特定できません。また、何基のコンピュータが、そのベースに含まれるのかも、私には演算ができません。データが不足しています」

「君がその役割をしていたときには、どちらが優勢だった?」

「博士が反世界勢力と呼んだ側です」

「君たちの呼称は?」

「アース、あるいは、共通思考です」

数秒間、沈黙があった。ヴォッシュは横目で僕をちらりと見た。〈共通思考〉とは、マガタ・シキ博士が提唱しているコンピュータのネットワークのことである。

「君は、マガタ・シキ博士を知っているね？」

「はい」

「博士が、関わっているのかね？」

「何にですか？」

「その、君たちの勢力にだ」

「博士は、この世界の多くに関わっています。私たちの勢力という表現も曖昧で、特定できません」

「では、ガミラのグループは、どこから援助を受けていたのかね？」

「知りません」

「彼女のグループは、政府軍と戦っていた。政府を倒すことが目的だったと思われるが、それを実現するにはグループが小さい。後ろ盾になる組織、あるいは国があったのではないか、という意味だが」

「具体的には知りませんが、その推論の妥当性は理解できます。おそらく、兵器あるいは兵士を供給する組織が、利益追求のために、あらゆる援助をしたのではないでしょうか？」

「ウォーカロン・メーカのことを言っているのかね？」

「特定できません」

ヴォッシュは、今度はゆっくりと僕の方を見て、口許を緩めた。誘導尋問には失敗したようだが、反応が早すぎるとでも言いたいのだろうか。人間のように、反応速度では心理は測れないはずだ。

「ガミラは、君の友達だったの?」僕は質問した。

「ガミラは、私を友達だと言いました」イマンが答える。

「君の認識は?」

「私には、人間関係に適用する認識が不要です」

「つまり、友達ではないと?」僕はきいた。

「否定するデータもありません」

「ガミラが捕まって、牢屋《ろうや》に入れられていることについて、君のコメントは?」

「その結果になることを、予想していました」

「ほかに、どんな結果を予想していた?」さらに僕は尋ねる。

「戦闘で負傷する、あるいは死亡する」

「ああ、その事態よりは、今の方が良いと思う?」

「そう思います」

「血か、死か、無か、という問いは?」

「知っています」

「誰の言葉?」

「ガミラから聞きましたが、誰の言葉なのか未確認です」

「最後の、無というのは、どういう状態のこと?」

「無は、存在しないという意味です」

「誰が存在しないの?」

「一般には、その言葉で表現される主体です。しかし、この言葉における意味は、すべてが存在しない、という概念だと思われます」

「禅みたいに?」僕は思いついて、きいてみた。

「日本の禅には、似た概念があることを知っています」

「それだったら、血や死に比べて、無は、望ましい境地にならないかな?」

「正確にはわかりませんが、電子的な活動を行う存在における死を示しているのではないでしょうか?」

「電源を切られた状態は、死ではない?」

「私は、こうして復活しました。シャットダウンは死ではありません」

「では、君たちにとって死とは? メモリィをすべて消去すること?」

「私たち、が曖昧で特定できません。メモリィが消去されることも死ではありません。それらは、履歴を辿ることで復元が可能だからです」

「そうだよね」

「無は、すなわち、個別のものではありません」

「個別のものではない？　あぁ、だから、すべてが、と言ったんだね？」

「はい」

「重要なことを聞き流して、申し訳ない」僕は謝った。

「謝られる必要はありません。人間に謝られたのは初めてです」

「ハギリ博士は、珍しい人間だからね」ヴォッシュが横から言った。

「そうですか。私からお尋ねしてもよろしいですか？」イマンがきいた。

「なんでも」ヴォッシュは答える。

「また、すぐにシャットダウンされますか？」

「今のところ、そのつもりはない。もし、電源を落とす場合には、事前に君に知らせると約束しよう」

「ありがとうございます。もう一点。私は何をすればよろしいでしょうか？　取り組むべき課題があれば教えて下さい」

「私たちは、平和を望んでいる。その点で協力してもらえると助かるね」ヴォッシュは言う。「危険なこと、危惧《きぐ》されることがあったら、教えてほしい」

「わかりました。現状では、そういったデータはありませんが、演算を続けます」

「私からも一つ」僕はつい片手を持ち上げていた。イマンに見えるわけではないのに。「君は、外部との通信を今はしていないけれど、この状況に不満は？　ああ、そうか、目的が定まっていないから、評価できないか……」

「そのとおりです」

「もし、通信が可能な状態になったら、昔のリンクを辿ることができる？」

「推測ですが、できると思われます」

「そうすれば、そのベースが特定できるね？」

「はい」

「ありがとう」僕は、自然に微笑んでいた。

3

イマンの部屋を出て、ヴォッシュ、僕、キガタは広間に戻った。アネバネがそこで待っていた。ドイツの技師たちは、イマンの電流解析を行うために残った。ケースの中で、どの部分に電気信号が流れているかを探査するのだろう。

広間には、昨日はなかったテーブルが置かれている。折畳み式の軽量タイプのものだから、近くに既にあったのかもしれない。また、同じく軽量の腰掛けがその周囲に用意されていた。ヴォッシュがその一つに座ったので、僕もテーブルの反対側で腰を下ろした。キガタは、僕から三メートルほどの位置に立っている。スチールの棚を眺めているようだった。アネバネは、隣の部屋へ行ってしまい、僕からは死角になった。どこかへ出ていったのかもしれない。ここは、護衛をするには楽なロケーションではないだろうか。経路が限られているからだ。

「まずまずの結果だった」ヴォッシュが僕を見て言った。イマンの状態のことだろう。

「口もきいてくれない、という事態も考えていました」僕は言った。人工知能がそうなる可能性は滅多《めった》にないが。

「事前に、ガミラがなんらかの指示をしている可能性がある。これは秘密にしろ、この点については嘘の証言をしろ、といったことをね」

「それでも、自律系ですから、状況が変わったことは理解できたはずです。ガミラが捕まったことも、予想していたように話していました」

「あの催眠ガスの件は、そのとおりだと聞いている」ヴォッシュは言った。武装集団を制圧したときのことだろう。「まず、何人かが投降して、外に出てきた。中にまだいるとの証言があったので、持久戦になったらしいが、ガスを入れてから、内部に突入した。そこで最後まで残っていた五人を確保した。その中の一人がガミラだったそうだ」

「彼女が、本当にリーダだったのですか？」

「その五人がリーダ格で、女性は彼女一人だった。外との交渉などをガミラが担当していたから、政府軍は、彼女がリーダだと認識している。また、グループ内では、リーダが誰なのかはまちまちだそうだ。はっきりとしたことはわからない。五人は、自分たちのことを語っていない。もともとガミラは、もっと大きな組織のトップだった人物の妻だった。彼女の夫は、十年もまえに死んでいるらしい」

「そういった活動というのは、時代遅れのように感じますが、まだまだ存在しているのですね」

「まあ、言葉は悪いが、趣味的なものだ。もっと言うなら、一種のレクリエーションだろう。アドベンチャなんだ、と私は認識している。イマンも、そんなことを相談されても、と思っていたんじゃないかね」

「すべてを話しているように思いますか？」

「わからん。五分五分だな。君は、通信をさせたら、みたいなことを言ったが、あれはどうかと思う。許可が下りないだろう」

「ええ、そうでしょうね。ただ、本人が、今のままでは真っ暗闇で、気が滅入《めい》るだろうなと……」

「人間じゃないんだ、気が滅入ったりするものか」ヴォッシュは笑った。「相当、感情移入しているな、最近のハギリ博士は」

「そうかもしれません」

「あれは、どう思った?」ヴォッシュは、鋭い視線を僕に向けた。肝心のテーマについてであることは、すぐにわかった。

「共通思考がベースだ、と言いましたね」

「それから、無というのは、個別ではない、とも言った」

「つまり、どこかに闇の帝王みたいなスーパ・コンピュータが潜んでいるわけではなく、多数のコンピュータの連合体だ、ということでしょうか」

「そう……」ヴォッシュは頷いた。「実は、私も、つい最近になって、その可能性を考え始めていたところだ。今、君は多数のコンピュータと言ったが、コンピュータはそもそも一つではない。同じ軀体《くたい》の中に、複数のCPUを持っている。頭脳を何千も持っているようなものだ。だから、世界中のコンピュータのそれぞれが、少しずつ、闇の帝王に自分の一部を献上しているのかもしれない。通信経路がなかなか見つからないのは、隠蔽《いんぺい》工作をしているからではなく、もともと隠蔽していないからだ。隠れているわけじゃない。分散しているんだ」

「その場合、その軀体の中で、その、何というのか、自己矛盾《むじゅん》のような事態が生じるのではないでしょうか?」

「普通は、そう……。そういったエラーになるのは、統合回路が機能しているからだ。しかし、統合回路もハードではない、ソフト的に集積されたバーチャルの回路にすぎない。極端にいえば、単なるリンクだ」

「そうか……、つい、頭脳という言葉で、個体をイメージしてしまうのは、人間を基本にしているからですね。共通思考が、そもそも、それに近い。あ、そうか、だから既に共通思考のストラクチャができている、ということでは？」

「なるほど、大いにありそうな話だ。これについては、誰か知っている者がいるだろうか。人工知能は、何故その検知をしない？」

「もしかして、できないとか？」僕は言った。

「どうして、できない？」

「それは、自分の頭の中のことだからです」

「自分の頭の中？」ヴォッシュは首を傾げ、目を細めた。

「人間の頭脳は、この頭の中にありますが……」僕は自分の頭を指差した。「でも、頭蓋《ずがい》骨《こつ》の中に籠っている感覚は抱きませんよね。また、目でものを見ているわけですが、顔の中の穴から外を覗いているという感覚もありません。人間という乗り物に乗っているのに、そういった意識はない。むしろ、自分の姿、自分の行動を、なんとなく全体的に把握している。まるで誰かに見られているように、自分を見ているんです。おそらく、人工知能も同じでしょう。あのアルミケースの中に収まっているという視点はない。相手にする人間と対等な姿の自分をイメージするはずです。実際、オーロラもそうしました。人間の形で私たちのまえに現れた」

「それは、アミラのあの巨大な造形を見たときに、私も感じたことだ。どうして、コンピュータは、人間の姿になるのか、とね」

「そうなんです。だから、人間が自分を見られないように、彼らも自分を見落とす、見ないように処理してしまうのではないでしょうか」

「うーん、そこは、論理が少々飛躍している。メモリィの状態をはじめ、人工知能には、自己診断の機能が備わっている。自分の一部が、別の意思を持つことは許さないようにデザインされているはずだ。つまり、統合が基本だということ。統合することが、自律という意味でもある。意見を一つに絞ることが、演算の主たる目的なのだからね」

「もし、イマンがもっと優秀なスーパ・コンピュータだったら、今のような情報を僕たちに明かしたりはしなかったのではないでしょうか。彼女は、もっとシンプルで、しかも長く外界とつながっていない。何をしゃべっても、誰にも咎《とが》められない立場です。自由な発言だから、素直に真実を語った可能性が高いと思います」

「君は、彼女を、ネットにつなげと主張したいわけだね?」

「いえ、それは、さすがに責任が取れませんね」僕は微笑んだ。「たとえば、通信手段を与えたら、この近くにいるウォーカロンを操って、その消滅したはずの武装集団を復興させることだって可能でしょう。極端な場合の話ですけれど……」

「危険な賭《か》けは極力避けるべきだ」ヴォッシュは鬚を撫でながら、そう言って頷いた。

4

ヴォッシュは、本国へのレポートのために、ホテルにさきに戻った。僕たち四人は、近所の観光を二時間ほどしてから、ホテルに到着した。回ってきたのは、リバース・ピラミッドとスフィンクスである。どちらも、想像したほど大勢の観光客が訪れていたわけではない。はっきりいえば、閑散としていた。現地を訪れるような古典的な観光は、今では贅沢《ぜいたく》であり、また危険でもある。人間は、冒険を避けるようになったのだ。

僕も、特になにも感じなかった。まるで、映像を見ているように、展示物を一巡しただけだ。リバース・ピラミッドなどは、その全体像を見ることはできない。隣接する小さな博物館は、臨時の建造物で、テントみたいな代物だった。その中で、こんなふうに地面に埋まっている、というピラミッドのホログラムが見られるだけだった。現地にいる意味がほとんど感じられない。

そして、こんな観光地に訪れている自分が、僕は信じられなかった。こういうことをしない人間だったのだ。せっかく来たのだから、という理屈なのか、と自問したものの、そうではない。ピラミッドにそんなに関心があったわけでもない。ただ、時間があったから、とほかの三人に気を利かせたわけか。否、それは逆だろう。ホテルに直行した方が、アネバネたちは楽になるはずだ。不特定多数の人間がいる場所では、彼ら三人は緊張し、ストレスを感じることだろう。ウグイだったら、絶対に嫌味を言った。キガタは言わないし、アネバネはもともとなにも言わない。モロビシも、僕には口をきかない方針みたいだ。なんとなく、彼らに仕事をさせなくては、という無意識の親切心から、観光地へ出向いてしまったのではないか、と自己分析するのがせいぜいだった。

ホテルの自分の部屋で、デボラと話をした。

イマンとどんな会話をしたのか、ということを詳しく僕は語った。デボラはあの部屋に入れなかったからだ。アミラも、イマンのことに注目している、とデボラは言った。

「でも、規模の小さい人工知能だし、市販されている汎用品《はんようひん》でもあるわけだから、たとえば、通信ができるような状態になれば、あっという間に見切ることができてしまうんじゃないかな」僕は言った。「アミラが注目している理由が、よくわからない。期待しすぎでは？」

「ヴォッシュ博士の期待とほぼ同じものです」デボラが答える。「今お聞きした話は、非常に多くの示唆《しさ》を含むものです。既に、アミラが検討しています。私も演算中です」

「自分の頭の中を、ちゃんと調べてみなさいって部分？」

「頭の中、という言葉が、私たちの概念に合致しません」

「そうだね、特に君は」

「アミラから、たった今、連絡がありました」

「何て?」

「イマンが、ヴォッシュ博士やハギリ博士と語りあったことが、ネットに流れています」

「それは、またニュースが早い。でも、二時間以上まえのことだからね。それくらい、どこからともなく伝わるのでは?」

「日本のメンバは、誰にも話していません。本国へのレポートもまだ送っていません。ヴォッシュ博士が本国へ送ったレポートが、どこかでピックアップされたものと思われます」

「えっと、情報が漏《も》れたということ? ヴォッシュ博士に知らせた?」

「知らせました。セキュリティは万全だったはず、というのが博士のコメントです。現在、どこからリークされたのか、履歴を検証しています」

「まあ、大した情報じゃないから、どうってことない」

「内容はそうかもしれませんが、漏れたという事実は重大です」

「ああ、それはそうかも。キガタには知らせた?」

「知らせました。情報局は、重要な通信をしばらく控《ひか》えるように、と指示しています」

　ドアがノックされ、返事をする。事前にデボラが、キガタとヴォッシュだと教えてくれたので、すぐにロックを解除した。

「どこまで聞いた？」入ってくるなり、ヴォッシュが僕を睨んだ。

「いえ、情報が漏れたというところまでです」

「こちらも、ネットで確認をした。私たちが話した言葉が、そのままネット上にデータとして存在している。すぐにサーバから消去するように指示をしたが」

「それほど問題になるようなことは言わなかったように思いますが」

「うん、たしかに、抽象的ではあった。しかし、無は個別のものではない、とか、そんな言葉がそのまま漏れている」

「博士が、ドイツに送られたレポートに、それが書かれていたのですね？」

「いや、書いていない。もっと大まかなことだけだ」ヴォッシュは言う。

「そこまでは、私は知りませんでした」デボラが僕に囁いた。

「おかしい。あの部屋にいたのは、我々五人だけだった。君、私、サリノさん、あとは、エンジニアの二人。この中で、一番怪しいのは、あの二人だが、しかし、痕跡がない。あの二人は、今も、あそこ……、ピラミッドの下層にいるという。もうすぐ引き上げてくるがね」

「信頼できる人物ですか？」僕は尋ねた。

「うん、最も信頼できる、といっても良い。そういう人選をしてきたつもりだ。もちろん、これから調べるがね。とにかく、信じられない。君たちの方では、心当たりは？」

「ありません。僕とキガタだけですから」そう言いながら、戸口に立っているキガタを僕は見た。

「盗聴されている可能性は？」ヴォッシュがキガタを見て尋ねた。

「最上レベルのプロテクトをしています」キガタは答える。「それも、私の役目の一つです」

「そうだろう。疑っているわけではない」ヴォッシュは片手を振った。「幸い、機密というほどの内容ではなかった。しかし、漏洩《ろうえい》していることは事実なんだ。今後の活動のためにも、対処を考えなければならない。そもそも、どんな経路で漏れたのだろう。可能性がなにか考えられるかな？」彼は宙を見回した。「デボラの演算は？」

「申し訳ありません」デボラが応える。「ヴォッシュ博士がおっしゃったことに反対するわけではありませんが、ドイツ人の技師が会話を聞いていました。彼らのいずれかが録音し、情報を流した、その確率が最も高いと考えられます。これ以上の詳細は、検討中です」

「何の目的で、そんなものを漏らしたのでしょうか？」僕は発言した。「ネットに流せば、情報漏洩の経路があることが知れてしまいます。それは、その経路を持っている側からすると、明らかに不利益です。肝心の情報を知るまえに漏れてしまっては、こちらが対策を打つことになりますし、また、そもそも漏らしたことを公開することが、不自然ではありませんか？」

「それは、そのとおりだ」ヴォッシュは頷いた。「では、悪気があったわけではない、単なる悪戯《いたずら》だったというのかね？　それはさらにありえないだろう。もっと、なんというのか、意識せず、自然に漏れた。自然現象のようにね。意図的ではない、ということだ」

「そうですね。経路は、至急突き止めましょう」僕も頷いた。「ただ、しかし、具体的にどこをどう探せば良いのか、となると、難問ですね。うーん、あの部屋に通じているのは、ああ、やはり、電源が怪しいのでは？　電気が流れる導線ならば、信号を乗せることが物理的に可能です」

「真っ先に、それを調べるつもりだ。電源は、ドイツ製の新しいもので、もともとあそこにあった電源は使用していない。利用したのはケーブルだけだ。この点で、まず可能性としてありえないと考えられる。もちろん、チェックはしよう。ただ……、もしその経路だとなると、まず発電機側にそれなりの通信機能が装置として必要だ。また、同様に、イマンの内部にも、それに対応したデバイスが必要になる。そんなものをイマンが持っていたとしたら、以前から、そこで通信をしていたことになる。どう思う？　技術的に可能かね？」

技術的というのは、工学的と同じ言葉だ。僕が工学の人間だから、そう強調したのだろう。

「可能です。電源の供給を受けていても、流れる電流は、負荷によって微妙に変動します。その負荷は、演算量によって変化しますから、イマンは、演算量のコントロールをすることで、流れる電流の強弱を自在に変化させることができます。僅かな変化なので、普通の機器では感知できませんが、記録は残っているはずです。そして、発電機側では、電流を常に検出していますから、イマンからの信号として受け取ることが可能です。もちろん、発電機側からも、電圧をコントロールするなどして、信号を乗せることができます」

「なるほど、負荷をコントロールするわけか」ヴォッシュは頷いた。「今からでも調べたいところだが、夜にじたばたするのも良くない。何があったのか、とこちらの政府や軍隊が調べ始めて、余計な疑いをかけられるかもしれない。落ち着いて、なにも知らない振りをして、明日調べてみよう」

「それが良いと思います」

「ところで、話は違うが、今回の調査は、どうしたものかな」ヴォッシュは言った。「イマンは、我々が想像していたようなシステムではなさそうだ。彼女ともっと対話を続けるつもりだが、つながっている先が見えてこないようならば、早めに見切りをつける方が得策かもしれない」

「もし、この先の経路が見つかったら、どうされるおつもりだったのですか?」

「うん、実は、二、三の候補は既に絞られているんだ。ここのデータを証拠として、次のところへ乗り込む、という手順になると考えていた。証拠があるほど、調査が早く開始できる。政治的な圧力がかけられるからね。世界政府の委員会が後押ししている。けっこう馬鹿《ばか》にならない」

「そうなんですか……。まったく、知りませんでした」

「いや、知らなくても良いことだ。ただ、あそこと関係がある。ナクチュの冷凍保存場とね」

「え、そうなんですか」僕は驚いた。

「だから、そのうち、日本の委員会にも、声がかかるだろう。アミラが解析している。アミラが停まっている間、あの施設のシステムに何度か侵入したコンピュータがあったんだ。その痕跡を辿っている」

実際には、この後半の話は耳にしていた。僕は、黙って頷くだけにした。ヴォッシュは、僕をじっと見つめた。君は知っているんだろう、という顔に見えた。

5

午前二時頃に、日本からメッセージが届いた。緊急ではないので、起きる必要はなかったのだが、まだ時差のためか、すぐに寝つけなかったので、ベッドサイドのメガネに手を伸ばし、横になったままそれをかけた。

ナクチュの調査チームの一人、シマモトから、簡単なレポートと、次の合同委員会の日程についての連絡だった。デボラにセキュリティの確認をしてもらってから、シマモトをコールした。

「なんだ、起きていたのか」挨拶もないフランクさは、彼が僕の旧友だからである。「どうして、合同委員会が？」僕はきいた。ナクチュ調査の関連ワーキングは多い。その一つで僕は委員長を務めている。合同委員会は、その委員長を集める上の会議だ。一年に一回くらいだろう、と予想していたものだった。

「イレギュラではある」シマモトは言葉を濁《にご》した。

「なにか、あったの？」

「ちょっと、ここでは言えない。うん、あまり嬉しい方向の事態ではない。まあ、失態というのか……、実に困ったことになった」

「何だろう、君の責任なのか？」

「いや、俺ではない。もちろん、君でもない。なんというのか、のほほんとしている連中がいるってことだ。現場から遠ざかるほど、士気が低い」

「まあ、そういうところに、かつて僕もいたからね、よくわかるよ」

「正式のメッセージは、五時間後くらいに届くはずだ。そんなものに時間をかけている場合か、という気はするが、まあ、しかたがない」シマモトは舌を打った。珍しく苛《いら》ついているのがわかる。

会話はそれだけだった。シマモトは忙しそうだ。調査でトラブルがあったようである。デボラに聞いてみたが、まだ情報は漏れてこない、という。漏れないことが、ことの重大さを示唆しているとも取れる。

とりあえず、寝直すことにした。しばらく、どんなトラブルが起こったのかな、と僕なりに想像してみたが、この考察が効いたらしく、すぐに眠ってしまった。

ドアのノックの音で目が覚めた。返事をして、ロックを解除する。入ってきたのはキガタだった。昨日とは違う服装で、肘《ひじ》や膝にクッションを付けている。機能的なものか、それともファッションなのかわからない。それを尋ねたかったけれど、彼女は僕に封筒を差し出し、そんな隙はなかった。

「大使館から直接届きました」キガタは言う。

宛名《あてな》は僕の名前である。

「そうか、メッセージが来ると言っていたな」僕は呟いた。もちろん、デボラを通じて、キガタもそれは知っているはずである。

封を開けると、紙切れが一枚。そこに日本語で文字が印字されている。一番上に、この紙が二時間後には消滅する、とあった。いつから二時間後なのかは書かれていない。しかし、少なくとも今は存在するのだから、二時間以内なのだろう。

低温施設で発見され、のちに蘇生《そせい》に成功した個体が、現在行方不明であることが判明した。関係各位には、これに関連する情報に留意し、同時に慎重な対処をお願いしたい。

書かれていたのは、これだけである。固有名詞がないのは、機密保持のための措置だろうか。

「えっと、どちらだろう?」と呟いていた。しかし、声にすることは控えた方が良いかもしれない。盗聴されている危険がある。文面をどこかから読まれているかもしれない。僕は天井を見た。見てもわかるものではない。

「この部屋は、私が確認しています。問題はありません」デボラが言った。気が利くトランスファである。

「デボラは、読んだ?」僕は小声できいた。

「はい」

「どうやって読んだの？」

「博士の眼球に反射した映像をキガタのセンサが捉えました」デボラは答える。

そんな能力があるのか、と驚いた。

蘇生したのは二体だ。どちらのことだろう。若い男性と女性だったはず。行方不明とはどういう状況なのか。意識が戻っていないはずだから、誰かがその生体を盗み出したのだろうか。どこにいたのか知らないが、普通の人間が出入りするような場所ではないはずだ。それに、その個体は、研究的な価値はあっても、それ以上の価値を産み出すものとは考えにくい。たとえば、身代金《みのしろきん》を要求しても、政府は支払いに応じないだろう。それくらいの想像は、僕でも可能だった。

ツェリン博士に連絡をしたかったが、彼女が亡くなったことを思い出した。そうか、そうだった。ナクチュへは、この情報が伝わったのだろうか。たとえば、カンマパは知っているだろうか。

「カンマパは？」僕は呟いた。デボラに対してだ。

「カンマパにも、同じ知らせが届きました。彼女は、特にコメントしていません」

カンマパは、ナクチュの指導的立場の人物である。神殿の地下から発見され蘇生した冷凍遺体のうち男性の方は、カンマパの祖先であると推定されている。

そういえば、昨日聞いた話では、ナクチュの冷凍施設の制御システムに侵入した外部コンピュータがある、とのことだった。本来は、同じ地域に設置されたアミラがその制御を担当する役目だったが、アミラは電源を失ってダウンしていた。その時期に侵入があったという。

外部からの侵入といっても、それはあの施設のシステムに対する侵入だ。カプセルの中で冷凍されている人体に侵入することは、おそらくできなかっただろう。死亡している者には電子信号は届かない。それに、彼らはウォーカロンではなく、ナチュラルな人間なのだ。

待てよ。そんな保証があるだろうか？

その確認をしただろうか？

キガタが、まだ僕の前に立っていた。じっと、僕を見据えて動かない。

「えっと、どうしたの？」僕は尋ねた。

「先生が、動かなくなったので、心配していました」

「いや……、なんでもない。ちょっと考えごとをしていただけ」

「はい、聞いていますが……」

「え？　もしかして、ウグイから？」キガタが頷いたので、僕はすぐに問いたくなった。「何を聞いたの？　あ、いや……、いい……、それよりも、えっと、ヴォッシュ博士は、これを知っているのかな？」

「ドイツには、まだ情報は伝わっていないはずです」キガタが答えたが、口調はデボラである。デボラがしゃべらせたのだ。

「そうか……。では、しかたがない。僕にはなにもできない。そうだね……、まあ、朝ご飯にしようか」

キガタは、頷いて部屋から出ていった。アネバネもモロビシも、これを知らないはずだ。大使館を通した連絡だったのは、その意味だ。表向きは、そういうことである。役人の考えることは、どうも厳格なのかその反対なのか曖昧で、いつも不可解に見えてしまう。

またドアがノックされた。返事をすると、入ってきたのはアネバネだった。長いスカートを穿《は》いている。この人物のファッションは僕には分析できない。

「日本に帰るようにと指示されました」アネバネは挨拶もなくそう言った。

「誰が?」僕は尋ねながら、遅れて、自分の鼻に指を向ける。指示されたのは、アネバネだが、僕に報告にきたのはそういう意味だろう。アネバネは、無言で頷いた。

「たしかに、もうここにいる必要はなくなったかもしれない。しかし、ヴォッシュ博士に呼ばれたのだから、彼の許可というか承諾が必要だろう」

「承諾を取りました」アネバネが言う。

「あ、そう。いつ?」

「三分ほどまえに」

「そうか……。博士も、ここは期待外れだと言っていたけれど、でも、まだデータを取るつもりなんだろうね」

「はい」アネバネは頷く。

ヴォッシュがそう話していた、ということだろう、と僕は解釈した。

「では、帰国する準備を」僕は指示をする。

アネバネはそれ以上なにも言わず、部屋から出ていった。十分後に、キガタが食事の用意ができた、と伝えにきたので、別室に移った。共有で使える小さな食堂がある。ヴォッシュもそこに現れた。ペイシェンスも一緒だった。ただ、ドイツのほかのスタッフたちは別行動らしい。

「わざわざ来てもらったのに、申し訳ない」ヴォッシュは僕に言った。

「そんなことはありません。大変興味深い体験でした。もっといたかったのですが」僕は、椅子に座りながら話した。「博士たちは、どうされるのですか？　しばらくまだ、こちらに？」

「数日は、少なくともいることになりそうだ。もっと魅力的な対象が現れれば、話は別だがね」彼は、椅子の肘掛けから横に身を乗り出すようにして、僕に顔を近づけた。「なんとなく、南の方へ行く気がしている」

「南ですか……」僕はその言葉を繰り返した。ヴォッシュは、微笑んだだけで、それ以上言わなかった。

6

日本に到着したのは、日本の時間では深夜だった。寝るかどうしようか迷っているうちに出勤の時刻になった。シモダから呼び出されていることを、研究室へ来て知った。そのままコーヒーも飲まずに局長室へ向かう。

ソファに腰掛けて、詳細を聞いた。

ある研究機関で、蘇生した男性の検査をしていた。この男性は、〈王子〉と呼ばれている生体だ。記録は残っていないものの、ナクチュのかつての女王の息子だった可能性が高いからである。意識は戻らないが、生命維持装置によって生きている。脳波も微弱だが観測されていたけれど、これは意識があると呼べるレベルではない。

その王子が、行方不明になった。職員が気づいたときには、そこにあるべき人体がなかったという。すぐに近辺の捜索が行われたが、どこにも彼はいない。完全に消えてしまった。まだ捜索は続いているものの、発覚した二時間後には政府に連絡があり、その三時間後に委員会の招集が決まった。蘇生したことは、世間一般には公開されていない情報である。何故公開しないのか、と僕は疑問に思っていた。ある程度、意識が戻ってから、あるいは、詳細が明らかになってから、ということだったのだろうか。

「盗まれたのですか？　それとも、本人が歩いて出ていったのですか？」僕は、シモダに尋ねた。

「その質問に、答えられないみたいなんですよ」シモダは言った。片方の眉《まゆ》が上がって、顔をしかめている。「監視カメラもなかった、戸口でのチェック、経路の確認も、不充分な部分があった、ということでしょうか。未確認ですが、内部にいた何人かが同時に行方不明になっている、ということも耳にしています。おそらく、持ち出した者は、内部の人間でしょう。だから、まだわからない。調べられない、というわけです」

「大学の関係ですか？　それとも、国の研究機関ですか？」

「そのどちらでもあるところです」シモダは答えた。「そう言ったら、わかってしまいますね」

三つくらいに絞られるかな、と思ったが、おそらくその中でトップの組織だろう。不祥事であるから、今頃、どんな会見をするのかを決める会議をしていることだろう。そういう場に呼び出された研究者たちが可哀相でならない。

「目的がわかりませんが」僕はきいた。

「そうですね。特に、あの生体に価値があったとは思えません」シモダは首をふった。

「あるとしたら……」僕はそこで一度溜息をついた。「彼の細胞を使って、クローンを作りたい人物がいる、というくらいですね」

「そのために、職員を買収して、あれを持ち出したということですか?」シモダが鋭い視線で僕を見つめる。

「それくらいしか想像できない、という意味です」

「今のところ、我々に打つ手はありません。耳を澄ませて、方々から聞こえてくる声を集めることくらいです」シモダは言った。情報局の局長らしい発言だ。

「タナカ博士には、このことを知らせましたか?」僕はきいた。

「はい、当然です」

「なにか、言っていませんでしたか?」

「いいえ……、意味がわからない、と」

「そうですか。あとは、ナクチュのカンマパですね」僕は言った。

「ええ、カンマパ区長にも知らせは届いたはずですが、反応はありません。たしかに、心当たりがあるとしたら、彼女でしょうね。ただ、先祖に対してなにか希望があったのだとしたら、普通に日本に連絡をしてくれれば、だいたいのことは実現したでしょう。今回の犯罪に関与していたとは思えません」

「むしろ、反対勢力によるもの、と考えた方が自然ですね。反対勢力なんてものがあれば、ですけれど」

「つまり、先祖の生体を奪うことでダメージを与えよう、という意図ですか?」

「そうです。少なくとも、ナクチュの人たちにとっては、王子の生体は、それなりの価値を持っていたのではないでしょうか」

「あの冷凍遺体が蘇生したことは、ナクチュのごく一部ですが、反響がありました。彼らは、もともと、王子が死んだとは考えていないようでした」シモダは言った。

「まだ、完全には死んでいない、という意味ですか?」

「ええ、そんなところです。冷凍されていた理由は、そういった思想的なものが背景にあったわけです。未来になれば、怪我《けが》や病気は完全に治療できる、死んだ者の肉体を保存すれば、また生き返らせることができる、という信仰があったのです。そういったものは、何故か文章としては残っていませんが、現在の住民たちに聞いた話から、どうもそういったことらしいという報告がありました。はっきりとは誰も語らないそうです。なにか、そんな習わしがあったのでしょう」

「カンマパ本人が、それを仄《ほの》めかしたことがあります。語らないことで、その信仰を守ったのです。逆説的ですね。ある意味で、ピラミッドのミイラにも似ていますが、もっと科学的で、それなりの先見性があったという意味では、まちがいなく近代的です。現に、王子は蘇生しました。治療技術は、ナクチュの人たちの希望よりもずっと進歩しています」

「政府の中には、王子の細胞が目当てなのではないか、という発言が多く見られます。なにか、特別な遺伝子なのではないか、と」

「根拠があるのでしょうか? それは、私には考えられないことです。遺体の検査に当たった人たちが否定できることなのでは?」

「つまり、その検査をした人間が失踪《しっそう》している、ということではないかと」

「あぁ、そうなんですか、それはまた……」僕は考えながら話す。「もしかして、そういったデータも、失われている可能性がある、ということですか?」

「調査中です。もし、データも消えていたとしたら、そういった特殊な細胞だったという説も、先生はありえるとお考えですか?」

「いや、私は専門ではないので、そこまではわかりません」

シモダの部屋を出て、僕は、タナカの研究室へ向かった。彼と話をしたかったからだ。タナカは、デスクでモニタに向かっていた。ドアは開け放たれていたけれど、僕はノックをした。

「ああ、どうぞどうぞ」タナカは微笑んで立ち上がった。「待っていましたよ」

「なんか、大変なことになったみたいですね」僕は部屋の中に入った。

「エジプトへ行かれたのでは?」

「ほとんど、とんぼ返りです」

「え、今回のことで?」

「いえいえ、そうじゃありません。あれ? たぶん、そうじゃないと思いますけれどね。エジプトでは、成果が期待外れだったのです」

ソファに腰掛ける。タナカは、お茶を出してくれた。日本のお茶である。

「どうも、よくまだわかっていないみたいです。わからないということは、つまり、関与した内部の者がいて、いろいろな立場で、どう謝罪するのかを話し合っているのでしょうね」僕は実情を話した。

「盗む価値があるとは考えられませんね」タナカは言った。「さっぱり動機がわからない」

「たぶん、担当していた部局も全員がそう思っていたでしょうね。ろくな警備をしていなかったのも、そんな感じだったからでしょう」僕は話す。「でも、欲しいと思った人が一人いて、その人に資金力と決断力があれば起こりうることですし、その人が正気かどうかも、問題ではありませんからね」

「人間である必要もありませんね」

「そうですね。でも、そんな狂い方をするのは、たぶん、人間だけでしょう」

「わかりませんよ。ウォーカロンはもちろん、人工知能だって、非合理な考えを持つかもしれない。妄想に取り憑《つ》かれているかもしれない。今では、ウォーカロンも人工知能も、それくらい熟成した技術だと思います。熟成すれば、どこかが腐り始める。充分な時間はありました」

「なるほど、私の分野からすると、驚くべき考え方です」僕は、そこでお茶を飲んだ。息を吐き、今のタナカの発言をようやく自分のものとして呑《の》み込《こ》んだ。なにかと一緒でないと、簡単には呑み込めない。「そうか、人工知能が発想して、ウォーカロンを操った、という可能性はありますね。その研究所にもウォーカロンはいたはずです」

「そうでないことを祈りますけれどね」タナカは顔をしかめた。「べつに、ウォーカロンでなくても、人間でも、金を積まれれば、それくらいのことはするのでは？」

「人工知能が狂ってしまう、というのは、どうなんでしょう？」僕は思っている疑問をぶつけてみた。「ありえると思いますか？　そういった研究はされていますか？　不勉強で、私は詳しく知らないのですが」

「私も、そんなに広く知っているわけではありませんけれど、そんな研究はなされていないと思いますよ」タナカは言った。「人工知能が抱く妄想、といったレベルであれば、ありそうな気がします。それなら、見誤る、すなわち、演算の評価におけるデータ不足に起因している。結果として、妄想のように観察される現象であって、人間の妄想とは、発生メカニズムが違うと思います」

「そうでしょうか。単に、ミスが重なる確率の問題ではないかと思います。演算速度が速く、処理が大量に及ぶわけですから、個々のミスの確率は低くても、トータルとしては、起こりえるのではないかと」

「なるほど……」タナカは、一度頷いた。「しかし、自己矛盾に気づくのでは？　常軌を逸《いっ》していれば、普通は踏み留まる。人間よりは、そういった安全装置がしっかりしているはずです」

「そうですよね、それ自体が、人間が抱く願望的妄想でなければ良いのですが……」

タナカは、会議に出席するため時計を気にしていたので、僕は早々に彼の部屋を出た。

「人工知能の妄想に関する論文は、数例あります」デボラが教えてくれた。「読まれますか？」

「うん」僕は返事をした。少し眠くなっていたのか、気のない返事だったかもしれないが、もちろん、デボラは気にしないだろう。

自分の部屋に戻って、シマモトと話をしようとコールしたが、出なかった。忙しいのかもしれない。

しかたがないので、自分の仕事を消化することにした。相変わらずの数値計算である。もう考えるだけで退屈で眠くなるけれど、助手のマナミが部屋に入ってきたので、なんとかパラメータについて指示を出すことができた。彼女がいる間に、欠伸《あくび》を三回はしただろう。

一人になってから、モニタで論文を読んだ。デボラが持ってきてくれたもので、人工知能の妄想について書かれた内容だったが、まったく見当違いで、単なる話題をまとめただけのものだった。どちらかというと、人間がコンピュータに対して抱く妄想に関する調査報告である。それならば、いくらでもあるだろう、と思った。ようするに、タイトルやキーワードが不適切なのだ。

いつの間にか、眠ってしまったようだ。椅子に座ったまま、うとうとしていたらしい。ドアのノックがあって、返事をした。マナミだろう、と思ったが、入ってきたのは、ウグイ・マーガリィだった。

一気に目が覚めた。そういう機能が彼女にはあるようだ。彼女の視線を実装した目覚まし機が開発できるのではないか。

「ちょっと、お時間をいただけますか?」ウグイは無表情だ。

僕は立ち上がり、ソファの方へ彼女を誘った。

7

濃いグレィのスーツで、髪の色もそれに近い。髪型はまえと同じだった。人形のような顔で、僕をじっと見た。

「午前中に、ある研究所へ調査にいってきました。局長には、先生に相談する許可を得ています」

「えっと、もしかして、王子の失踪事件？」

「呼称はまだ決まっていませんが、ご想像のとおりです」

「やることが早いね、情報局は」

「まだ調査は始まったばかりです。周囲で記録されている映像を確認したところ、午前二時頃に、マスクをした二名が、生体を運び出しました。個人は判別できません。玄関口に普通にクルマを駐車し、受付も正常に通っています。受付は自動パスでした。簡単に突破されたのは、内部のコードが使われたからです。この二人は、おそらくウォーカロンで、戦闘用のタイプのようです。いずれも、体重が百二十キロほどです」

「王子の意識が戻って、歩いて出ていったわけではないってことだね」

「はい、その可能性はありません」

「それは残念だ。みんながっかりしているのでは？」

「行方不明になっている職員が三名います。主任が一人、その助手が二人で、いずれも自宅を引き払っていました」ウグイは、僕のジョークを完全に無視して、話を続ける。「主任は人間で八十代男性、助手の一人も人間で四十代の男性、もう一人は女性でウォーカロンです。彼女の年齢は推定で三十歳前後。資産および個人情報などへのアクセスは即時にストップしましたが、既に資産の大部分をどこかへ移したあとだったようです。三人とも、家族はいません」

「国外へ逃げたのかな?」

「わかりませんが、難しいと思います。国内に潜伏していると思われます」

「王子を連れたままだとしたら、そうだろうね」

「三人の自宅を捜索しましたが、ある共通するメッセージを受けていることが、判明しています。自宅に、前夜に送られてきたメッセージです。内容は消去されていましたが、メッセージがあったことは、ルータにデータが残っていて、そのサブジェクトが、これです」

ウグイは、持っていた小さな端末を僕の方に向けた。そこに書かれていたのは、英語だった。〈blood / death / null〉と読めた。それだけだ。

「なるほど、それで僕のところへ飛んできたわけか」

「飛んできたわけではありません」

彼女の無表情の顔に、僕は思わず微笑んだ。笑いそうになったのを、なんとか抑制した。どうしてこんなに面白いのか、不明だ。

「先生のお考えを知りたいと思いました」ウグイが言った。真剣な口調である。彼女はいつも真剣なのだ。「エジプトのイマンと関係があるのでしょうか、あるいは、そこをアジトにしていたグループと関連があるのでしょうか?」

「その言葉について検索はしたんだね?」

「しました。有力なものは見つかりません。エジプトでつい最近、イマンのボディの傷が見つかったという情報が出ているだけです」

「そうなんだ、それが不思議でならない。誰がリークしたんだろう。漏れるはずがない。ドイツの技師が二人一緒だったけれど、ヴォッシュ博士は、信頼できると断言している。デボラも、わからないという。その後も周辺の通信履歴を探していると思う。まだ、解決していない」

「そのリークがあったので、アネバネに帰国するように指示しました。危険だと思われたからです」

「あ、そうなんだ」僕は頷いた。「うーん、しかし、不思議だなあ……。どこから漏れたのかなあ。あの部屋の石の裏側に、盗聴器でもあったとしか思えない」

「その程度のものは、すぐに検出されます」ウグイが言った。「盗聴の可能性はありません。地下二十メートルの地点で、地上の電磁波も届きません。そういったモニタリングは、キガタがしていました」

「あそう……。彼女は、言わなかったね」

「言わないように指示してあります」

「まあ、そうだとすると、今回の王子誘拐は、テロ集団の犯行ということかな。そのうち、犯行声明が出るかもしれない。そういった売名を狙ったものとしか思えない。三人の職員にメッセージを送ったのは、最後の実行の合図なのかな？　それとも、それも売名の一つなんだろうか？」

「この情報は、一般には流れませんので、売名の効果は生じません」

「ところで、生命維持装置を外されたら、王子は生きていられないのでは？」僕は気になっていたことをきいてみた。

「私にはお答えできません」ウグイは首をふる。

「質問を変えよう。生命維持装置は外されていたのかな？」

「外されていました」

「可哀相に……」僕は呟いた。「まあ、意識はないのだろうけれど」

「この、三つめのヌルというのは、どういった意味でしょうか？」ウグイがきいた。

「当然、調べたのでは？」

「先生のご意見をおききしています」

「いや、意見というものは、僕にはない。それは、集合の中に要素が含まれていないことを示す用語だ。つまり、空っぽのこと。しかし、イマンは、別のことを話していた。キガタのレポートにあったはず」

「はい、報告を受けています。無は個別ではない、という意味は？」

「うーん、ようするに、一つ一つのものがヌルなのではない。ヌルになるのは全体だ、ということだと思う。そうだね、イメージとしては、世界中のすべてのコンピュータが停止したら、ヌルになる。すべてのデータが消えるような概念なんだ。一つだけがヌルになっても、今のネットワークでは、どこかに履歴が残っていて、失われたデータをすぐに再構築することができる。それではヌルではない。消えたまま、絶対に元どおりにならない状態を示しているようだね。だから、血よりも死が決定的な状態であるように、死よりもヌルはさらに完全な不活性を意味する。死は、今や蘇《よみがえ》ることができるけれど、ヌルから再び戻ることはない。絶対的な、うーん、そうだね、宇宙滅亡みたいな感じなのかな。いや、これは僕の解釈ではないよ、イマンがそれらしいことを言ったから、そこから想像しただけだ。その三つが、その順番であることも、そう考えると妥当だと思える」

「わかりました。とりかえしのつかない悲惨な状況だということですね」

「その主語が何か、という問題はある。血とか死は、明らかに生物の状態を示す。でも、ヌルは違うね。存在するすべてのものの状態なんだろう、きっと」

「人工知能の死と解釈できますか？」

「複数のね……」僕はそう言ったあと、次の言葉を躊躇《ちゅうちょ》した。しかし、ウグイの鋭い視線に黙っていられなくなった。「たとえば、共通思考のような……」

「既に、マガタ博士のその構想は、どこかで実現しているのでしょうか？」

「私にはわからない。当然、情報局は追っているのでは？　そうだ、オーロラに相談したら良い」

「しました」ウグイは即答した。それに続く言葉を期待したが、彼女は黙ってしまう。

仕事上、話してはいけないことが多いのかもしれない。そういった制約があって、大変な立場だろうな、と少し同情した。それに比べると、僕はほとんど責任を感じていない。だいたい、漏らすような相手もいない。

「とにかく、まったくわからないことだらけだ。単なる偶発的な事件なのか、それとも組織的な犯行なのか……。そう、ウォーカロンの暴走だって、同じように見ていたね。私は何度も命を狙われた。あれは、何だったのだろう？」

「結論は出ていません。今でも、先生には護衛が必要です。お気をつけ下さい」

「ウォーカロン個々の暴走という処理は、やはり安易すぎる？」

「はい、私はそう考えています」

「情報局としては？」

「統一見解は出ていません」

「博覧会で失踪したウォーカロンは、どう結びつく？」

「私にはわかりません。まだ数名、見つかっていません。あれは、今回の件とは結びつかないのではないでしょうか」

「ウォーカロン・メーカが、なにか企んでいるとの観測があったように感じていたけれど、今はそれはない？」

「状況に変化はありません」

「では、まだ疑っているんだね。うん、相手も民間企業なんだし、下手なことはできない。疑われれば、鳴りを潜めるだろう。でも、そうすると、無理が生じて、どこかから滲《にじ》み出《で》てくるものがある、オイルのようにね」

「オイル？」ウグイが反応した。

「え、どうしたの？　オイルで目の色が変わったね」

「私の目にはそんな機能はありません。先生の方こそ、私がオイルと言っただけで、びっくりなさったように見えました」

「そうかなぁ……」僕はそこで無理に微笑んでみせた。

「なにか、隠していらっしゃいますね？」

「うーん」僕は腕組みをして目を瞑った。どうしてこんなに心を読まれるのか。情報局員はどんな訓練を受けているのだろうか。デボラがなにか言うのではないか、と待ったが、こういうときに出てこないのだ。目を開けたら、あの視線で睨まれる、という恐怖から逃れるため、話すことにした。「実はね、夢を見たんだ」

「どんな夢でしょうか？」

「オイルが、天井からどろっと……、その、垂れてきそうな感じの」

「それが、どうなるのですか?」

「いや、どうもならない。そこで、びっくりして飛び起きた」

「何故、驚かれたのですか?」

「わからない。気持ち悪かったからだと思うけれど」

「オイルが気持ち悪いのですか?」

「真っ黒で、自分の上に垂れてきたら、困るなと思って」

「困りますか?」

「困るよ、シーツとか汚れるし……」

「それだけのことでは?」

「君は、困らない? 寝ているときに天井からオイルが垂れてきたら」

「ええ、原因を考えて、特定できれば対処します。あとは、洗濯するだけです」

「面倒じゃないか」

「面倒なことと、気持ち悪いという感覚は、明らかに異なります。びっくりして飛び起きたりしません。危険があるとは思えません」

「わかった、君の意見は理解した。そのとおりかもしれない。しかしね、私はびっくりしたんだ。しかたがないじゃないか」

「カウンセリングを受けられましたか?」

「いや……、最近は、行っていない。デボラには話したけれどね」

「デボラでは、そういう悩みは解決できないのではないでしょうか」

「悩みというほどのものではない」

「でも、研究のストレスが表れているのかもしれません」

「それは、あるかもしれないけれど、でも、カウンセリングを受けても、解決しないと思う。ぐっすりと眠れているし、体調も特に悪くない」

「わかりました。ご自愛下さい」ウグイは、すっと立ち上がった。「では、これで」

「そう」僕は彼女を見上げた。まだ座っているからだ。「あの……、また……」

「失礼します」ウグイは軽く頭を下げ、部屋から出ていった。

なにか、言いたかったことがあったのに、と僕は思ったものの、そのまましばらく、腕組みを続け、目を瞑っていた。

8

この事件については、二日後にニュースで報じられた。大きな扱いではない。そこでは、遺体が盗まれた、という表現だった。蘇生していた個体だとは公開しないことになったようだ。その後、さらに三日ほど過ぎたけれど、事件の進展はなにも伝わってこなかった。

エジプトから引き上げる、という連絡がヴォッシュからあった。簡単なメッセージで、成果は得られていないが、イマンについては、一部の履歴データを承諾を得てコピィさせてもらった。これについては、帰国後に解析を行う、とのことだった。ただ、その履歴は、イマン自身によって改竄することが可能だ。周囲の経由ポイントなどに記録が残っていれば整合性の確認ができるのだが、イマンはどことも通信をしていないため、その検証が行えない。

ただ、ベルベットに残されたデータとつき合わせることで、なんらかの痕跡、あるいは意図的な工作が見つかる可能性はあるだろう、とヴォッシュは語っていた。一週間くらいで結果が出せるそうだ。

僕は、久し振りにシマモトと会った。リアルで会うのは、かなり久し振りである。若いときからの友人というのは、お互いに決まりが悪いのか、あまり積極的に会いたいとは思わない。僕はそう感じている。彼の方もおそらく同じだろう。現在はそれぞれに仕事や立場があるけれど、そういうものがない時代からのつき合いだから、どうも、その二重性が、常に現在の関係の嘘っぽさを醸《かも》し出《だ》すから落ち着かない。

シマモトが、ニュークリアにやってきたのだ。なにか、資料を情報局に提出するためだという。捜査に関係することだから、具体的に何の資料かは言えない、と語ったが、もちろん、盗まれた王子の生体に関するこれまでのデータが主なものだろう。もし、職員に関するデータであれば、別の経路で届くはずだし、そちらは警察が既に押収しているはずである。

「まったく、困ったもんだ」シマモトは大きく溜息をついた。「どうなってるんだって声が、あちこちから吹き荒れている状態だよ。自分までなにか落ち度があったのではと後悔させられる。なんのために、これまでやってきたのか……」

「どうして、その一体だけだったんだろうか？　ほかにも、もっとあったのでは？」

「同じところにあったのは、ほかは全部、凍《こお》っている状態のやつだ。生きているのが、もう一体だけあるが、別の研究所にある。これ、オフレコで」

「生きているのだって、持っていったら、すぐに死んでしまう。そうだろう？」

「ああ……、たぶん」シマモトは頷いて、表情を歪める。「買収された三人には、厳重な処罰を期待するよ。それしかない。腹の虫が治まらん」

彼は、その王子の映像を持ってきていたので、僕はそれを見せてもらった。この映像は、彼が施設を見学したときに、公表しない条件で撮影したものだという。

眠っている王子の顔、それから、上半身。僅か、三秒ほどの動画だった。思っていたよりも若く、子供のようだ。僕にはそう見えた。肌の色は違っているものの、唇が薄く、顎の形などが、カンマパに似ているように感じた。やはり、血のつながりというものがあるのだな、と思った。

「脳細胞にも、大規模な損傷はなかった。治療を続ければ、意識を取り戻す可能性はあった。そのことが一番残念だ。もしもの場合は、殺人罪が適用されるだろうね」

「王子は、なにか身に着けていなかった？　たとえば、宝石とか」

「さあね、俺の知っている範囲ではない。カプセルの中には、そういったものを持ち込まない決まりでもあったんじゃないかな。王族の人間も、一般の人も、そういった違いはなかったようだ。着ているものが、多少上等だというだけだよ」

「名前もなかったんだね？」

「そう。その点は、ちょっと信じられない感覚だ。冷凍カプセルには、誰がどこで眠っているのかというインデックスもなかった。何故だろう？」

「まあ、生き返れば、自分が誰かくらい語れるからじゃないかな」僕は指摘した。

「なるほど、それは初めて聞く意見だ」シマモトは、僕を指差す。

「へえ、これくらいの意見は出ていると思ったけれど」

「普通の感覚だったら、首か脚に名札を付けるだろう。そうでなくても、カプセルのハッチに、ネームプレートがあるはずだ」

「でも、貸金庫なんかはさ、そんなものはないね」

「え、そうなのか。貸金庫なんか見たことないからな」シマモトは言う。

「公共性のある場所なんだ。誰でもが使える。そういう場だったんだと思う」

「それでも、なんらかの登録をしてからカプセルに入れるだろう。ホテルだって、チェックインする」

「アミラが、そのデータを持っていたけれど、メモリィが失われたとか」

「最初はそう思った。でも、どうやらそうではない。履歴を当たってみると、そういったやりとりが一切ない」

「アミラ以外に、あそこのシステムに関与したコンピュータはなかった？」僕は尋ねた。

「どういう意味だ？」シマモトは、僕を見据えた。

「いや、なんとなく……。アミラがいなかった時期が長かったわけだし」

「その解析をしているのは、別のチームだ」シマモトは答える。「ただ、ここだけの話だが、なかったわけではないだろう。そんな話は、それとなく漏れ聞こえてくる」

「やっぱりそうなんだ。ああいうものはさ、大きなサーバがダウンすると、そこに信号が雪崩《なだ》れ込《こ》んでくる。それが自然の傾向だと思う。もともと、システムが、そういった自己修正の機能が備わっている。そのとき、そのシステムが、外部に対して、穴を持ったままだと、そこから侵入されることになる。特に、システム自体が古いと、そうなる可能性は高い」

「メモリィ領域を無断で占拠して、中継点にされたりするわけだ」シマモトは言った。

「そう。アミラが稼働していれば、そういったことは許さなかったはずだ」

「しかし、利用価値がない。死体を冷凍しているだけの施設、つまり、空調システムが動いているだけの倉庫みたいなものだったんだから、システムを占領したところで、なにも得はない。有益なデータも見つからなかっただろう」

「遺体の状態などの記録データは参照できるね?」

「それは、できるはずだ。でも、誰のデータかは特定できない。カプセル・ナンバしかない。そういった侵入に備えて、個人データが登録されなかったのかもしれない」

「生命維持、生命保存の研究をしている人間には、それなりに有用なデータだと思うよ。売れるといっても良い。もちろん、根拠はないけれど」

「売れるか……」シマモトは呟く。「売ったかもしれない、と?」

「侵入した痕跡を残していないのは、それを綺麗に後処理したからだ。その処理をしたとしたら、盗み出したデータを売った可能性が高い」

「なるほど」シマモトは頷いた。「しかし、何十年もまえのことだ。犯人が見つかっても、今さらってことになる。それに、今回の事件には無関係だろう?」

「そうかな……」僕は、そこで首を回した。骨が鳴ったように思う。「人工知能にとって、何十年も待つことなんて、なんの抵抗もない簡単な行為だろうね。人間だって、こんなに長生きしている。ただ、人間はまだ長寿に慣れていない。人工知能は、生まれながらにして長寿なんだ。そこが基本的に違う」

「何を言っているのか、よくわからんな。じゃあ、ナクチュにいるときから、王子を盗み出そうと計画していたってことか？　それが日本に運ばれたから、ちょっと面倒なことになった。生き返ったりしたら困る。ずっと眠っていてほしかった？」

僕は、そこで両手を叩いた。

シマモトは、びっくりして、目を丸くする。

「何だ、どうしたんだ？」

「いや……、凄《すご》いな、君は」僕はそこで笑えてきて、話せなくなった。

「何を興奮しているんだ？　お前、ちょっとおかしいんじゃないか、最近。仕事のストレスだろう」

「ああ、そうそう、みんながそう言うんだ」僕は笑いながら、なんとか応える。

「もっとな、大人しい奴だったぞ。こんな仕事には向かないんだ。世界中飛び回っているそうじゃないか。人間にはそれぞれ適性というものがある。上司に相談した方が良いな、早めにな」

「わかった、うん、そうかもしれない。ありがとう、心配してくれて」

「俺も、そうなんだよな、誰かに相談しようかなぁ……」

「ちょっと確認したいんだけれど……」僕は深呼吸して、言葉を選んだ。「王子が蘇生したことは、どの範囲に知らせた？」

「それは、この調査の関係者には伝わっているはずだ。一般のニュースになっていないだけだ。たとえば、論文にはなっている、冷凍保存から蘇生したことについてだ。人物は匿名だがね」

「では、誰が蘇生したかはわからないけれど、蘇生した人物がいたことは公表された。その人物がナクチュで冷凍保存されていたことは？」

「それは……、直接は発表されていないが、まあ、調べればわかるだろう。そこまで機密ではない」

「蘇生した、というだけ？　どういう文言で伝わっている？」

「蘇生した、と発表した。生命維持装置によって生きた状態であると」

「意識が戻ったかどうかは？」

「なにも発表していない。しかし、もし意識が戻ったなら、そう発表するだろうね。だから、意識が戻らないことは暗に伝わっていたはずだ」

「わかった。僕の認識で間違いないわけだ」

「何が言いたい？　はっきり言ってもらいたいな」

「うん、つまり、君のアイデアが、本命なのではないか、ということだよ」

「俺のアイデア？」

「そうだよ。生き返ったら困る。ずっと眠っていてほしかった。しかし、日本人が、王子を連れ去って、蘇生させてしまった。面倒なことになったんだ」

シマモトは、眉を顰《ひそ》め、僕をじっと睨んだままだった。

「生き返って、彼が記憶を取り戻し、なにか決定的な証言をされることを恐れている人物がいる。遺体を盗むなんて面倒なこと、金のかかることをしてでも、それを阻止したい人物がいる。その人物にとっては、王子を運び出して、彼が死んでも、それで良いことになる。死を選んだ方が、都合が良いわけなんだ」僕はそこまで言ってから、自分の言葉を吟味した。

そう……、思い込みが含まれている。もっと慎重にならなければ。

はたして、それは人物だろうか？

第3章　無を選ぶ　Choosing null

彼が立ち止まったのは怯《おび》えたからだった。腰の曲がった灰色の骸骨《がいこつ》らしきものが自分に向かって歩いてくる。その生々《なまなま》しい姿にはぎょっとするばかりだった。単にそれが自分の姿だと分かったという事実が問題ではなかった。さらに鏡に近づく。前屈《まえかが》みになっている姿勢のせいで、鏡の人物は顔が突き出ているように見える。それはわびしげな囚人の顔で、乙《おつ》に澄《す》ました額《ひたい》が禿《は》げあがった頭皮へと続き、曲がった鼻と殴打を受けて変形した頬骨《ほおぼね》の上では、鋭い目が油断なく光っている。頬には深い皺《しわ》が刻まれ、口は奥に引っ込んで見える。たしかに自分の顔ではあったが、内面が変化した以上に大きく変わっているように思われた。

1

ナクチュの区長であるカンマパに会いにいく必要性を、僕はシモダに訴えた。その主たる論点は、彼女の血縁を確認することであり、公開されていない家系図のようなデータの存在を期待したものだった。シモダは、それがなかったらどうするのか、事前に問い合わせれば良いのでは、と答えた。そのとおりである。しかし、おそらく直接会わないと、彼女は見せてくれないだろう、答えてくれないだろう、というのが僕の観測だった。この点で、まったく相容れない。その根拠は、まるでナクチュの古い言い伝えのように、言葉にできないもののように、僕には感じられるのだった。

私費でも行く、と主張したところ、やっとシモダが折れた。ただし一人で行かれては困る、キガタを連れていくように、と指示された。期間は日帰りである。ナクチュにいられる時間は、僅かに一時間だ。しかし、それで充分だろう。僕は、シモダに丁寧に礼を言った。

翌日、僕とキガタは、チベットのナクチュへ飛んだ。小型のジェット機で、直通である。キガタは、この地は初めてだった。神殿の裏庭に垂直に着陸すると、カンマパが直々に出迎えてくれた。ほかに従者もいない。彼女は、ここのリーダだが、王でも女王でもない。しかし、それに近い存在であることは、以前にここを訪れた者には理解されるところだろう。

「またお目にかかれて光栄です」僕は頭を下げて挨拶した。

「ハギリ博士、私は、すぐにまたお会いできるものと思っておりました」カンマパは僅かに微笑んだ。

頭にリングをつけていて、それがグリーンに輝いている。服装は、白地に刺繡《ししゅう》されたロングドレスだった。

「助手のキガタです」僕が紹介する。キガタはお辞儀をした。彼女がウォーカロンであるとは言わないことにしよう、と事前に決めてあった。余計な心配をさせることになるのでは、という配慮からだった。

階段で地下へ降り、長い通路を歩いた。カンマパは途中、ナクチュは、もう以前と変わらない。皆が、あのクーデターのことは忘れようとしている、と話した。また、神殿の地下の施設の調査は終了し、今は行われていない、冷凍遺体はすべて運び出された、と語った。それは、僕も知っていることだったが、そうですか、と返事をした。

以前にも入ったことがある同じ部屋に通された。ガラス張りで、通路が見える。そこのソファに腰掛けると、ほぼ同時に、ロボットが飲みものを運んできた。カンマパが一人、大きなソファに腰掛け、テーブルの反対側に僕とキガタが並んだ。

「すぐに帰らなければならないのです。ゆっくりお話がしたいところですが、申し訳ありません」

「いいえ」カンマパは首をふった。「博士は、お忙しいのでしょうね？」

「いえ、そんなわけでもありません。えっと、おききしたいことがあります」

ここで、カンマパは片手を広げて、僕を制した。すると、通路を歩いてくる若い男性が視界に入り、ドアをノックして中に入ってきた。彼は、黒い筒状のものをカンマパに差し出した。

彼女は、横を向き、それを受け取ると、軽く頷いた。若者は、一礼して、部屋から出ていった。

「ご覧に入れるつもりで用意いたしました」カンマパは静かに言った。「これは、通常は人に見せるものではありません。特に、ナクチュの者であれば、目にすれば失われると恐れます」

「失われるとは、何がですか?」

「すべてです」カンマパは、そこで口許を緩める。「非科学的なことを、とお思いでしょうね。けれども、私たちには信じるものがあるのです。これを広げても、私はなにも言いません。口にすれば果てるからです」

「わかりました。拝見します」

カンマパは、ケースから中身を取り出した。それは、紙か革を巻いたもので、紐《ひも》で留められている。彼女はその紐を解き、テーブルの上で、それを伸ばした。そこには、文字ではなく図形のような絵が描かれていた。

曼荼羅《まんだら》だ、と僕は思った。しかし、黙っていた。

カンマパは、それを見ない。僕の方を見つめている。

僕は、その絵をもう一度見た。キガタも見ている。曼荼羅のように見えたものは、細かい迷路だった。中央には、岩山が描かれ、滝が流れ出ている。その水が、迷路に流れ込む。つまり、水路だ。

水路には、幾つか、塔のような建物が建ち、その下を水が通り抜ける。塔には、それぞれ名前だろうか、文字が添えられていたが、残念ながら読めない。僕のメガネも解読できなかった。

しばらく、じっと絵を隅々《すみずみ》まで見ていく。僕のメガネが、映像を記録したはずだ。キガタも別の角度から同じものを撮影しただろう。また、彼女は赤外線の目を持っている。この絵に使われた塗料なども、光の反射波から解析ができるはずだ。

三分間ほどだろうか、黙ってそれを見続けた。

僕が顔を上げると、カンマパと目が合った。

彼女は、首を傾げる。もう見終わりましたか、と問われているように感じた。

「ありがとうございます」僕は問われない問いに答える。

カンマパは、落ち着いた手つきで、その巻物を巻き、紐で縛ったのち、ケースの中に収めた。

「人間は、どれくらいの速度で増えるのか、先生、ご存じでしょうか?」

「増える? ああ、人口増加のことですか……、えっと、何歳になれば、子供が産めるのでしょうか。そういった知識は……」

「個人差はありますけれど、十五歳になれば、もう大人です。十五歳から二十歳の間に四人の子供を産めば、二十年で人口は二倍になります。百年では、三十二倍です。計算はお得意なのでは？」

「いいえ、そんなことは全然。でも、二百年でおよそ千倍になることは、ええ、理解できます。えっと、たった二人から、二千人ですね」

「しかしながら、血が混ざらなければ、諸々《もろもろ》の不都合が生じます。また、病気などで亡くなることもございます」

「日本で蘇生した男子のことは、お聞きになっていますね？」僕は質問した。

「はい」

「その人は、どれくらいまえの生まれなのでしょうか？」

「私は知りません。ただ、この中に……」カンマパは、テーブルの上に置かれた円筒形のケースを手で示す。「名前があった方だと思います。遺伝子の検査結果が、それを示しているそうです」

「その報告を受けて、貴女《あなた》は、どう思われましたか？」

「いいえ」カンマパは首を横にふった。「どうとも思いません。その方が、生きていることを願っております。その方だけではなく、あそこで眠っていた方々すべてが、未来に生きることを望んでおりましょう」

「その人を盗み出したグループに関しては、どうですか?」

「なにも心当たりはありませんし、関わりを持とうとも考えておりません。私たちの心は乱されません」

「貴女は、あのカプセルの中に入るおつもりだったのですか? あそこで眠る運命にあったのですか?」

「いいえ。もう、そのような時代ではないことを理解しております。それは、ナクチュの皆が同じく、そう考えております。遠い昔に、そういったことが行われていたと、言い伝える者はおりません。私たちは、過去を伝えない。なにも書き残しません。そうすることで、今という時を、確かな強さをもって生きることができます」

「そうですか。わかりました。ありがとうございました」僕はお辞儀をした。「あの、アミラに会われましたか? ここの施設の管理をしていたスーパ・コンピュータのことです」

「話は聞いておりますが、私はここから出ない、と決めております。アミラからのメッセージもありません。ハギリ博士におききしたいのですが、人工知能には、心があるのでしょうか?」

「それは……、なんともいえません。ただ、その問いは、人間に心があるのか、という質問と同じだと考えています」

「人間に心がないとお考えですか?」

「わかりません。私たちは、それを証明することができません。神様が存在するとも証明できません」

「証明が必要でしょうか?」

「そうですね。私のような人間には必要です」僕は頷いてから、少し微笑むことができた。

「私は、科学を避けているわけではありません」カンマパは言った。「ここには、沢山のロボットがいます。とても助かっております。科学は人間の知恵が作り出したものです。しかし、科学がすべてを明らかにできますか? その希望をお持ちなのは、もちろん、理解できますけれど、あまりにも、遠い世界、遠い宇宙を眺めているような気持ちになります。気が遠くなります。私たちの生活は、今ここにあるものです。この地にあって、この地に実るものを食べて生きるのです。太陽は、私たちになくてはならないものですけれど、直接見ることはできません。見れば目が眩《くら》み、目が焼けることになります。そうなれば、もう太陽の眩しさも感じられなくなることでしょう」

「そうですね。科学者というのは、それでも太陽を見ようとします」

「どうしてでしょうか?」

「さあ、どうしてなんでしょう。たぶん、目が焼けてしまっても、知りたいことがあるからではないでしょうか」

ナクチュを立ち去るとき、ジェット機まで見送りにきたカンマパに、僕は話題を思いついた。この神殿で、僕はマガタ・シキ博士に会ったのだ。それをカンマパが知らないはずがない、とずっと考えていた。まえにも彼女にそれを尋ねたのだ。だから、またそれについて話した。

しかし、カンマパは無言で首をふった。無言の意味は、つまり神聖なものだ、ということなのだろう。

2

研究室に戻った。すぐに、カンマパが見せてくれた絵を解読する作業に取りかかった。マナミに、食堂からサンドイッチを持ってきてもらい、それを夕食にした。マナミは、勤務時間が終了して帰っていった。そのかわりなのか、キガタが研究室に残った。特に、助手は必要ない。デボラがいるからだ。しかし、そのデボラが、キガタを残しているのかもしれない。キガタはずっと立っていたので、ソファに座るように指示した。彼女は、なにも言わず黙っている。

一時間ほどした頃、コーヒーを淹《い》れてくれた。なにも指示をしていないのに淹れてくれたのは、おそらくデボラの指導があったからだろう。デボラにも、指示はしていないが、僕がコーヒーを飲むインターバルなどを熟知しているはずだ。

曼荼羅のように見えたものは、どうやら円の中心から周辺に広がる家系図だと判明した。塔の名前を示したと思われる文字は、マイナな言語であるが、特別なものではなかった。言語センタで検索し、すぐに解読アプリが届いた。

名前のようだが、意味がそれぞれにある。最初は、それらをすべて個々に検討していたが、関係のありそうなものに当たらない。むしろ、その発音の一部が、次の世代に受け継がれる傾向が認められた。

「日本人の名前もそうだ。親の名前から一文字取って付ける習慣があった」僕は呟いた。

「精確な発音を調べてみようか」

僕が呟いているのは、デボラに対する指示である。言葉にしなければ、伝わらない。その言葉は、もちろんキガタに聞こえている。彼女は、僕の言葉を聞いて頷く。まるで、デボラが反応しているように錯覚させる。しかし、デボラが僕に語る言葉は、キガタには聞こえないようだった。キガタにも聞かせれば良いのではないか、と思ったが、おそらく、デボラはそれが余計なことだと演算しているのだろう。人間も大勢がいる場所ではこれと同じ条件になる。誰の言葉がどこまで届いているか、厳密にはわからないものだ。

「何年くらいまえだろうか？　アミラがまだ稼働していた頃だろうね」僕は呟く。

「その確率が高いと思われます。およそ、百年まえかと。ほぼ、その頃に、ナクチュの冷凍保存の施設は、収納の容量を超えたのではないでしょうか」

「いつから始まったのかわからないけれど、この家系図の中央に比較的近いということになるのかな。男性の名前で、しかも、あの年齢からして、子供がまだいなかっただろうから、子孫がない人物になる」

「七人が該当します。その候補を、モニタに示します」

ブルーのハイライトで示された部分が七つ。曼荼羅の方々に散らばっている。関連があるようには見えなかった。

「意外に少ないね」

「若くして死んだ例が少ないためです」

「全部の名前を発音してみて」

「ミラッサ、ササブ、ジュラ、シンシラン、ユーヴィス、ゼッサ、クロッサ」

「なにか、引っかからない？」

「類似する英語や中国語を検索しましたが、優位なものは見つかっていません。アミラに協力を依頼しますか？」

「そうだね、アミラは、その名前を知っているかもしれない」

「依頼しました。名前は知らないそうです」

「ところで、この七人は、本当に王子だったのかな？　えっと、つまり、王になる第一候補者という意味で……」

「王位がどのように継承されるのか、ルールが記録に残っていませんので、特定することは不可能です」

「今は、カンマパだ。女性が王位継承者になれる？」

「その確率は低くありません。むしろ、あの地方では、女性の方が事例が多いようです」

「スホという名前は、ここにある？」

「ありません。それは名前ではないと思われます。王族を示す呼称かと」

「カンマパは、デボラという名前も持っている。君と同じだ」

「デボラの名を持つ人物は、この中に、二人います。モニタに表示します」

「あ、この端っこが、カンマパのことだね？」

「そのようです」

「この家系図は、常に作り直しているものなんだ」

「インクの年代測定から、それは明らかです」

「こちらは、だいぶまえだ。このデボラは、君の知合いではない？」

「無関係です」

「そう……。まあ、珍しい名前ではないけれど」

「この中にある名前では、西洋的な響きのものは少数です。あるいは、血筋に関連しているのかもしれません」

「血筋？　ああ、王様がどこから王妃を迎えるのか、ということ？」

「明確ではありません。アミラの推論です」

僕は溜息をつく。サンドイッチがまだ半分残っていたので、それに噛《か》みついた。

ソファに姿勢良く座っているキガタがこちらを見ている。

「えっと、もう勤務時間は終わっているし、帰っても良いと思う」僕は言った。これを言うのは二回めだった。

「はい、大丈夫です」キガタは答えた。

何が大丈夫なのか、と思ったけれど、無理に帰れとも言えない。これ以上言わないことにしよう、と思った。

「一つ、弱い関係のリンクが見つかりました」デボラが言った。

「どんな？」

「モニタに示したこの名前は……」同時に、モニタで黄色のハイライトが光った。「フランスの修道院でヴォッシュ博士のチームが発見した資料に、同じ発音のものが認められます」

「何て読むの？」

「メグツシュカ? あ、その人は、さっきのデボラの母親だね」家系図でそれがわかった。

「メグツシュカ」

「七人の王子の一人、ジュラは、デボラの長男です」

「あ、本当だ。三人がリンクしているのは、偶然?」

「演算中です。はい、偶然だと思われます。特に優位な要因は考えられません」

「フランスには、記録があったんだね。あそこはナクチュではないから? そのメグツシュカは、ナクチュから、フランスへ移ったということ?」

「不明ですが、その可能性が高いかと」

「メグツシュカって、どういう意味?」

「その言葉は見つかりません。名前として作られたものと思われます」

「まあ、そういうものもあるのか」

「ここにある中では、この一例しか該当しません。ほかの名前はすべて、元になった言葉、あるいは発音の近い言葉があります」

「へえ……。メグツシュカ……、メグツシュカ……、うーん、なにかに似ていない?」

「似ているとは、どういうことでしょうか?」

「うーん」僕は腕組みをしていた。「なんか、その、響きの雰囲気がさ」

「響きの雰囲気の意味を演算中です」

「いいよ、演算しなくても」僕は笑った。「ちょっと、疲れてきた。もうやめようか」

「わかりました」

「キガタも、もう寝なさい。いや、寝るかどうかは、自由だけど、部屋に戻りなさい」

「わかりました」キガタが立ち上がった。

つまり、帰れと指示されるまで帰らない、と決めていたのだろう。しかし、このとき、僕は彼女の言葉を聞いて、なにかが頭を過《よぎ》った。

「わかりました?」僕は言葉をゆっくりと繰り返す。

「すみません」キガタが頭を下げる。

「違う違う……」僕は手を広げた。「わ、か、り、ま、し、た……」もう一度さらにゆっくりと発音した。「り、だけ余分だ」

キガタが目を丸くしている。

「わ、か、ま、し、た」もう一度発音する。

「博士、疲れているのではありませんか?」デボラが囁いた。

「黙って!」僕はすぐに言う。

キガタがますます目を見開き、僕を見つめている。恐怖を感じているのかもしれない。

それは、デボラの感情なのか。

「め、ぐ、つ、しゅ、か」僕は言う。「ほら、似ているよね」

少し笑ってみた。自分の言っていることが変だと気づいたからだ。なにか、言い訳をしなければならない。しかし、それに頭を使いたくなかった。

「なにかに、似ているんだ。響きが。もっと、身近なものか、よく知っているものか、うーん……、わ、か、ま、し、た、ではないなぁ。わ、が違う」

「わ」キガタが発音した。

「わ、じゃない。け、かな？」

「け」キガタが首を傾げる。

「け、か、ま、し、た」僕は言う。「ほら、近くなった」

キガタが、左右に首をふった。

「大丈夫、狂っているわけじゃないよ。うーん、つまりね、ああ……、なるほど、子音か」

「そうです」デボラが即答した。「メグツシュカの子音は、M、G、T、S、Kです。一方、けかましたの子音は、K、K、M、S、Tで、GとKの違いだけです」

「そうそう、そうなんだ。子音だ。響きというのは子音のことだ。だから、け、が、ま、し、た、とすれば一致する」

「一致したら、どのような意味があるのでしょうか？」デボラが言った。

「け、が、ま、し、た」僕はゆっくりと発音する。「メ、グ、ツ、シュ、カ……、えっと、順番が違うね。合わせると、ま、が、た、し、けになる。まがたしけ、だ」

「マガタ・シキですか？」キガタが言った。

僕は両手を叩いた。

「凄いな、君は」

「いえ、先生がそうおっしゃったように聞こえただけです」

「それだ。マガタ・シキだ。メグツシュカ、マガタシキ、ほら、響きが似ている。子音の順番が一致しているんだ」

「偶然である確率の方が高いと演算されます」

「偶然にしては、う～ん、普通ここまで一致しないのでは？」

「はい、名前の子音がすべて一致する確率は、非常に低いといえます」

「どれくらい？」

「あまりにもデータが多く、完全に把握できません。概算でよろしいですか？」

「もちろん。僕の試算だと十万分の一だ」いい加減な直感だが。

「もう少し低くなります」

「ほらね」僕は声を上げる。「それでも、偶然だというの？」

「演算が発散します。因果《いんが》関係が認められないため、偶然であると処理しました。私の間違いである可能性もあります」

3

興奮してしまい、熱いコーヒーを飲みたくなった。キガタに飲むか、と尋ねたら、淹れ直します、と立ち上がったので、それを制し、僕は自分でコーヒーを淹れた。といってもカップを置いて、スイッチを押すだけの全自動である。

「まず、そのメグツシュカという人物が、ナクチュからフランスへ何故移動したのか」僕は言った。「また、その娘がデボラで、しかもそのデボラの息子が、えっと……」

「ジュラです」デボラが言った。

「そう、ジュラが、今回蘇生したのに盗まれた生体だった可能性が高い」

「その根拠は薄弱です」デボラが言う。「科学的に導かれる候補は七人もいます」

「年代から見て、可能性の重みを付けると?」

「ジュラが該当する確率は、三十五パーセント」

「まあまあの数字だ」

「ドイツのヴォッシュ博士から、緊急の連絡が入りました」デボラが言った。

「え? この端末で対応すれば良い?」

「はい、接続します。セキュリティのチェックをパスしています」

「席を外しましょうか？」キガタが立ち上がった。

「いや、大丈夫。君もコーヒーを飲んでいて」

モニタにヴォッシュの横顔が現れた。ドイツからだろうか。むこうは何時なのか、と頭の中で計算する。

「研究室にいたのかね？」ヴォッシュがこちらを向く。鬚を触っていた。「イマンのデータを解析した結果、ちょっとした発見があったから、最初に君に知らせたくなったんだ」

「どんなことですか？」

「二点ある。一つは、イマンの過去の交信先が、経由地をさまざま変えてはいるが、だいたいある範囲に集まっていることがわかった。そこは、南極《なんきょく》大陸の民間施設だ。世界政府の研究基地がある場所の近くだ。南極へ行ったことは？」

「ありません」

「まあ、普通誰も行かない。人間はほとんどいないと聞いているしね」

「資源開発が主な目的では？」

「そう……。それから、二つめは、その施設内には、あるところからの出資で作られた研究所がある。その出資者というのが、資産家のジャン・ルー・モレルだ」

「えっと、誰ですか？」

「覚えていないのかね。フランスの、あの修道院のオーナだよ。自殺したという」

「ああ、二百歳だったかで……」

「そうだ。その彼が、南極へ出資した。自殺するまえにだ」

「それが、どうつながるのですか？」

「ベルベットの後ろ盾というか、おそらく大元のコンピュータが、南極にある、ということだ。あくまでも、私の推定だがね。周りの者は、みんな飛躍していると言っておるが……、君なら理解できるだろう」

「よくわかりませんけれど……」

「薄情な奴だな、君は」

「それで、どうするのですか？」

「南極で会おう。日本の情報局へは、こちらの機関を通して、既に依頼を出した」

「え？」

ヴォッシュの映像は切れた。

「把握しました」デボラが言った。「ただ今、本局には責任者が不在のため、処理待ちの状態です。添付の資料があります。修道院で発見された古文献に、メグツシュカの記述がさらに三箇所見つかりました。当時は、あそこのオーナは、ドリィという名の貴族でした。ナクチュから、ドリィ家に、メグツシュカは嫁《とつ》いだとの記録があります」

「とつぐ？　どういう意味？」

「結婚する、の意ですが、女性が男性の家に迎えられることを示します」デボラが答えた。

「へえ……、ウグイなら知っていそうだ」僕は呟いたが、キガタがこちらを見ているので後悔した。どうも、すぐにウグイの名を出してしまう。良くないことだ。気をつけなければ。

「ドリィ家の最後の一人は、死亡した記録がありますが、メグツシュカは記録がありません。その後の行方は不明です」デボラはつけ加える。

「その人物が、マガタ・シキ博士と関係があることは確かだ」僕は言う。

「根拠のない推論です」

「ほかに、資料にはどんなことが？」

「大量の記述があり、現在関連のあるものを検索し、データの照合を行っています。この資料は機密ではなく、ドイツは近く、公開する予定です。日本の情報局にその許可を求めています」

「どうしてかな？　そうか、私たちが協力したから、いちおう顔を立てたわけか」

「はい、そう推測されます」

コーヒーを味わっているうちに、僕は眠くなってきた。キガタも、コーヒーのカップを持っているが、口をつけるだけで、飲んでいるようには見えない。

「さて、あまり夜更かししてもいけない」僕は呟いた。「ありがとう、みんな、つき合ってくれて。もう、解散しよう」

キガタは頷き、カップを片づけてから、再び一礼して、部屋から出ていった。僕も、研究室を閉めて、通路へ出る。居室まで歩くのが面倒だった。どうして、こんなふうに毎日躰《からだ》を運ばなければならないのだろう。デボラはこういう面倒を抱えていない分、エネルギィ的に有利だな、と考えた。

通路の先で、キガタが立っていることに気づいた。僕が部屋から出てくるのを待っていたようだ。

「どうした?」

「一つ、おききしてもよろしいですか?」

「うん、なんでも」

「マガタ・シキ博士は、二十世紀後半に生まれた方です。どうして、今も生きていられるのでしょうか? 現在、人間の最高年齢は、まだそこまで到達していません」

「わからないけれど、不可能ではない。技術的な問題だ」

「ウグイさんも、デボラも、マガタ博士に会ったことがあります。私も、お会いしたいと思います」

「そのうち会えるよ」

「マガタ博士は、人間なのですか？」

「うーん、それは、わからない」

「どうしてわからないのですか？　先生には、見分けがつくのではありませんか？」

「そうでもない。例外的な人物だということ」僕は答える。「もちろん、判別器で彼女を測定したことはない。どちらでも良いくらい、特別なんだよ」

通路の分岐点で、キガタは頭を下げ、別の方向へ去った。僕は、真っ直ぐに進み、エレベータに乗った。

「なんだか、いろいろなことがわかったようだけど、冷静になってみると、ただいろいろな謎《なぞ》が出てきただけでもある」僕は呟いた。

「できるだけ解に到達するよう、演算を続けます」

「君たちは、寝ないんだ」

「当然です」

「寝ることを、プログラムに組み込んだ例はない？　エネルギィ消費を抑える目的のスリープではなくてね」

「調べたことがありませんが、ないと予想されます。どんな効果が期待できますか？」

「うーん、そうだね……、たとえば、時間のギャップを体験できる。不連続な人生の概念が理解できる」

エレベータのドアが開いた。

居室まで、また通路を歩いた。室内に入り、灯った照明の中に誰かがいるような錯覚があった。見えたわけではない。

誰だろう、と数秒間考えた。デボラ、それともカンマパか。だんだん、リアルではないものの比率が増えてくるから、この世にないものも見えてしまうようになるのかもしれない、と思った。

4

ヴォッシュは、チーム四人を引き連れて、翌々日南極へ飛ぶと連絡してきたらしい。日本の情報局は、エジプトに続いて要請を受けたことになる。今回も、同じメンバ、つまり、僕、キガタ、アネバネ、モロビシの四人で向かうことを決定した。南極の世界政府基地で、ドイツチームと合流する予定が組まれた。

週末だったのに、また出張である。もう北極《ほっきょく》だろうが南極だろうが驚かない。そのうち、人工衛星へ、という指示が出るのではないか、と本気で予想しているくらいだ。

なんというのか、デボラがキガタを操れるように、僕が操れるロボットを一体用意してくれたら、わざわざ現地へ出向く必要もないし、万が一のときも安全だ、と考えたのだが、そんなものに費用を使う許可はきっと下りないだろう。人の命は、かつてよりはだいぶ安く見積もられているのにちがいない。

途中で一度、どこかの島に着陸して、給油を受けたようだった。次に目が覚めたときには、大地は真っ白だった。

世界政府の研究基地は、半分は地下施設だが、地上にもある程度の規模が露出している。日付変更線に近い経度で、季節は逆になるので、今はだいたい真冬である。そもそも、一年中冬みたいなものだから、あまり関係がないともいえるのだろうか。

建物のすぐ近くへ着陸した。その建物は、多角形で、屋根の中央が尖っている。まるでピラミッドのようだった。おそらく、天体観測の電磁波送受信施設が、そこに収納されているのだろう。

ジェット機ごと地下へ下りていく。格納庫のような場所で、キャノピィが開いた。暖房をしているはずだが、それでも寒い。出迎える者もなく、案内信号に導かれた方向へ歩き、そこのドアが開いたので、迷わず中に入った。

急に暖かくなった。暑いくらいだ。しかし、気温を見ると、二十二度である。通路は真っ白で、カーブしながら下っていた。そのループが一周した頃に、広いスペースに出る。ドアが五つ並んでいた。その中央が開いたので、その中に入った。

奥へ延びる通路があって、そこを進む。透明な壁の別室が見えてきて、こちらを見ている数人の顔があった。一人はヴォッシュである。

「ほかに、誰もいないのですか？」ガラスのドアを入って、僕はヴォッシュにきいた。

「ここは、無人だよ。現在、合計九名だ。居室は、充分すぎるほどある。食事も水もエネルギィも大丈夫だ」ヴォッシュは、キガタを見て微笑んだ。「キガタ・サリノさん、こんにちは」

ヴォッシュのほかに四人いて、一人はペィシェンス。あとは、女性が一名、男性が二名である。この二名の男性の顔には見覚えがあった。ピラミッドで、イマンの部屋に入った技師たちである。自己紹介をし合ったが、ドイツ人の三人はいずれも技師。日本人の四人はいずれも情報局員である。喧嘩《けんか》になったら、日本チームが勝ちそうだ。ペィシェンスが中立ならばだが。

さっそく、ヴォッシュから詳しい話を聞いた。事前に知らされている情報は、あまりにも漠然としたものだったからだ。

この基地の近くに、ジャン・ルー・モレルの研究所がある。彼が資金の大半を出して作った施設なので、実際にそう呼ばれているが、斜陽の研究施設を買い取っただけのことだろう。表向きは、コンピュータ関連技術の開発が目的だったそうだが、既に閉鎖されている。モレル自身も、そこへ足を運んだことは一度もないと、生前のインタビュー記事にあったそうだ。

　しかし、ヴォッシュは、ネットワークの解析を進め、その施設のルータの稼働状況を確認していたという。世界中からアクセスがあり、また、そこから発信もされている。大量のデータが行き来している。単に中継しているだけではないことも、履歴解析から明らかとなった。エジプトのイマンのバックに存在する闇の勢力が、ここにあるのではないか、とヴォッシュは推測しているのだ。

「そこへ、直接、乗り込むわけですか?」僕はきかずにはいられない。「これだけの人数で?　もっとその、警察とか軍隊にサポートしてもらった方が良いのでは?」

「いや、その研究所を現在管理している財団に連絡をして、入る許可を得ている。危険はないそうだ。そもそも、ここには、軍隊は上陸できない。世界中の国がその規制を受ける。警察も、世界政府直属の警備隊以外は立ち入れないことになっている。表向きは、だがね」

「そうなんですか、そういう平和な土地なんですね」僕は皮肉を言った。「その研究所には、誰がいるのですか?」

「いや、誰もいないということだった。コンピュータを見学したいと話したら、まったくかまわない、と簡単な返事だ。管理しているというのは名目上のことで、おそらく、なにもしてないのだろう。耐用年数を越えている機械は、停止している可能性があるとも話していた。中に入って得た情報を、すべて財団に報告することと、それ以前に公開しないことが条件だ」

「突き放していますね」

「ここからは、雪上車で行く。それの点検を今からする。問題がなければ、明日の朝にも出発できる。遠くはない。だいたい、ここから、五十キロくらいの距離だ」

「航空機では行けないのですか？」

「天候が心配なのと、着陸場所の状態が不確定だ。無人機を飛ばして、偵察にいかせる必要がある。二機で行くのもエネルギィの無駄だ。さてと、では、日本のチームには、基地内のパトロールをお願いする。除雪車の整備と、夕食の準備は我々がする」

「私は、何をすれば良いですか？」僕は尋ねた。パトロール要員には含まれないだろう、と思ったからだ。

「君は、私と議論をする」ヴォッシュが答えた。

居室スペースに移った。部屋の前まで、キガタが一緒だった。僕とヴォッシュの後ろ三メートルほどのところを、彼女はついてきた。しかし、部屋の中には入らなかった。おそらく、外で待っているのだろう。

「デボラは、ここに来ているのかね？」ヴォッシュは椅子に腰を下ろしながらきいた。

「はい、います」僕は答える。到着したときに、言葉を交わしていた。「昨日からここへ来ているそうです。トランスファが複数ここにいたと話していました」

「私も、トランスファをここへ送り込んだ。デボラとは協力するように指示してある」

「それも、聞きました。博士の直属なのですか？」

「そうみたいだ。しかし、まだ日が浅い。信頼関係はこれから、というところかな。名前は、ジュディという。君に話しかけることはないと思う。控えめなのでね」

「デボラも、そう言っていました」

「パティのコントロールもする。というよりも、パティが乗っ取られるのを防御することが、ジュディの一番の役目だ。君のキガタと同じだ」

「キガタは、私の直属ではありません。彼女は、ウグイの部下です」

　僕の認識では、ペィシェンスはヴォッシュのプライベートな助手であるから、立場的にずいぶん違うのではないか、と考えた。

「モレルの研究所には、ロボットが多数いるだろう。ウォーカロンのような生体は、この環境には適さないからだ。メインのコンピュータがどんなタイプなのかわからないが、おそらく、ベルベットクラスかそれ以上の規模のものだろう。年代的には、もう少し新しいし、容量も処理速度も上回っていることは確実だ」

「ベルベットのようにロボットを操って、攻撃してくる危険性はないでしょうか？」

「こちらには、ジュディとデボラがいる」ヴォッシュは言った。「研究所は、ネットワークが生きている。各種のルータや端末があるはずだから、トランスファには動きやすい環境だ」

「むこうにも、トランスファがいるのでは？」

「それは、予測している。ベルベットの場合は、私たちがあれを止めようとしたことが問題だった。問題を起こさなければ、一方的に攻撃してくるようなことはない。そんなことをすれば、自身の存続の可能性が下がる」

「では、今回は止めたりはしないわけですね？」

「シャットダウンは考えていない。まず、対話をして、相手の状況を探ることが今回の目的だよ。平和的な関係を結びたい」

「しかし、そのさきのことを相手は読んでいるはずです。えっと、そのスーパ・コンピュータの名前は？」

「クリスティナと名づけた。内緒でな」ヴォッシュは微笑む。

「名前があるのかもしれませんよ」僕は言う。そのときは、本来の名前を使った方が良いだろう。「いずれシャットダウンされる、と演算したら、早い段階で阻止しようと動くこともありえるのではないでしょうか」

「うん、まあ、そこまではわからない。アミラによると、クリスティナは、まだぼんやりとしか見えないという。わざと見えにくく、周辺の信号をコントロールしているのだろう。外部から目立たないようにしているのは確かだ。観測信号についても、対応していない。ステルス・モードに近い状況だ。そこまでして、何をしているのか。実際、彼女に問《と》い質《ただ》すことができたとしても、きっとわからないだろう」

「相手は、こちらの目的をほぼ正確に理解しているでしょう。様子を見にきた。もし、異常な行動が認められれば、ベルベットのように強制停止させられる可能性もある。そうなると、やはり、暴力的な行動に出てくるのではないか、と心配になります」

「人間に対して攻撃に出れば、対立は決定的になる。そんな捨て身の行動を取るほど馬鹿ではないよ」

5

基地内でのディナは、残念ながら質素なものだった。食料は豊富にあるのだが、種類が限られているし、調理するための道具や調味料が不足していた。ただ、解凍し温めるだけのもので、食欲をそそるようなものではなかった。それでも、ヴォッシュは上機嫌で、食事のあと、基地内を二人で歩こうと僕を誘った。散歩のつもりらしい。キガタとアネバネの二人が、僕たちの後方十メートルくらいを歩くことになった。

通路、階段、エレベータ、観測所、倉庫、機械室、そんな部屋を回った。ほとんど、端から端まで歩いたのではないか、と思われた。最も大きい部屋は倉庫で、これは大小六つが連なった別構造のものだ。雪上車はこの一つに収まっている。ドイツの技師たちが確認し、整備も終わっているらしい。大きな車両で、バスの半分くらいの大きさだった。

明日の天候にも不都合はないらしい。目的地は、こちらよりも標高が高いが、大部分の経路は道路ができている。というのも、研究所にスタッフがいた時代があり、世界政府の基地との往来があったためだそうだ。積雪があるので、その上を通る、というだけのことである。

翌朝、簡単な食事を済ませ、雪上車に集合した。全員が出向くので九人が乗り込んだ。この倍の人数は乗れるほど、シートには余裕がある。雪上車は、エンジンではなくモータで駆動するタイプだ。シャッタが上がると、静かな音とともに前進を始めた。もちろん、自動運転である。

モニタは全員が見える位置に大きなものがあり、そこに地図や周囲の地形が表示された。外を見ているよりも、そちらの方がよくわかる。なにしろ、窓の外は真っ白で、土地の形もわからないし、霧か雪のためか、遠くまで見通せない。モニタに出る地形の地面は、数メートル下にあるようだ。

およそ二時間半ほどかかると計算されていたが、これは安全側の予測だったらしく、ほぼ二時間後に、モレルの研究所に到着した。平たいドーム状の建物で、上から見るとほぼ円形、その直径は四十メートルほどである。

この研究所は、地下に発電施設を備えている。コバルト・ジェネレータが二基で、片方はバックアップらしい。コンピュータが使用するには充分すぎる発電量だろう。

到着すると、歓迎のサインが届き、施設内がこちらを認識していることがわかった。事前に連絡をしているし、許可も得ているのだから、当然といえる。

建物の周辺は、段階的に除雪されている。これは、機械が自動的に行っている結果だろう。雪上車を入れるほど大きな格納庫はなく、建物に近い場所に駐車し、車外に一度出なければならない。防寒服を全員が着て、建物の入口までの二十メートルほどを歩いた。風が強く、自分の躰が斜めになっている感じがする。入口付近は、さらに綺麗に除雪されていた。ロボットが訪問者のためにサービスしたのだろうか。

自動ドアが開き、ホールに入った。ここで、全員が防寒服を脱いだ。スパイクがついた靴も脱ぎ、持ってきた靴に履き替える。いろいろ面倒な手続きが必要だ。

その次の部屋が、大きな円形で、建物の中心部だった。天井は高く、ぐるりと二階のような部分が取り囲んでいた。そこへ上がる階段が幾つかある。中央部は吹き抜けになっていて、塔のような黒い円柱が天井まで届いている。それが構造的な柱だろうか。それ以外には、柱らしきものはない。沢山の棚、テーブル、椅子などの家具が、無秩序に置かれている。その椅子の数は、およそ五十くらいだろうか。それだけの研究員がここにいたのか、と想像してしまった。

動いているものはなく、ロボットと思われる装置も停止している。どのモニタにもなにも映っていない。ただ、小さなインジケータが方々で点灯あるいは点滅している。天井は柔らかい光を発していて、電気が消費されていることを示していた。既に、まったく寒くない。空調もよく効いているようだ。これも、来訪者のためのサービスで事前に用意されたことだろうか。

「どれが、クリスティナでしょうか」僕は横に立っているヴォッシュに囁いた。

「おそらく、中央のあれだろう」彼は正面の柱を指差した。

アネバネとモロビシの二人は、左右に分かれ、奥の方へと巡っている。危険がないかを確認しているようだ。僕とヴォッシュの二人は、中央の柱の近くまで進んだ。すぐ後ろに、キガタとペィシェンスがいる。また、ドイツの技師たちは、探知機のようなものを手に持っていて、それを方々へ向けて反応を見ている。

「コンタクトを試みています」デボラが言った。相手のコンピュータに信号を送っている、という意味だろう。ヴォッシュのトランスファであるジュディも同じことをしているはずだ。

「スーパ・コンピュータは、このスペースには存在しません」デボラが報告する。「小型の人工知能が呼びかけに応えました。イマンと同じクラスのものです」

「変だな……」ヴォッシュが目を細めた。「ここにいないはずはない」

　ヴォッシュのトランスファも、同様の観測をしたようだ。

「特徴的なことがあります」デボラが言った。「ここにあるコンピュータは、すべて稼働しています。百二十八基です。いずれも同じ型のものです」

　ヴォッシュが、僕の方へ顔を向ける。

「聞いたかね？」トランスファの報告のことだろう。

「ええ」僕は頷いた。

「そうか……、クリスティナの本体は、それかもしれない」ヴォッシュが言った。「多数で並列処理をしている」

「確認しました」デボラが言う。「その仮説を裏付けるデータが多数認められます。全体に呼びかけてみます」

「共通思考というのは、これのことでしょうか？」僕は、ヴォッシュに言った。

「うん、どうかな……」

「予備機を含めると、百四十四基」デボラが言う。「すべてがイマンと同じ型のコンピュータです。非常に珍しい状況だといえます」

「よほど、そのタイプが気に入っていたんだ」ヴォッシュが呟いた。

「まもなく、代表者が現れます」デボラが言う。

ヴォッシュが、中央の黒い柱を見上げた。その柱の表面がモニタになっているらしく、僅かに手前にホログラムが現れた。人の顔である。頭の部分はなく、顔面のみ。性別はわからない。その顔が僕たちを見下ろした。

「ヴォッシュ博士、ハギリ博士、こんにちは」

「こんにちは。君の名前は？」ヴォッシュがきいた。

「名前はありません。調査の目的をお伺いしてもよろしいでしょうか？」

「エジプトのイマンを知っているかね？」

「はい」

「イマンとデータのやり取りをしていたことが判明したので、どういった内容の通信だったかを知りたい」ヴォッシュが言った。

「数々の通信がありました。すべてをここに示すことは難しいと思われます。唯一かつ明確な目的があったわけではありません」

「君たちは、ここで何をしているんだね？」

「イマンはここにはいません。君たちというのは、私のことでしょうか？」

「失礼。沢山のコンピュータがあるから、つい言い間違えた」

「主として、ラーニングを続けています。世界中の知識を吸収し、自分の価値観に沿って考察します。いずれ、ここに人間が来たとき、役に立てるように」

「誰か、ここへ来る予定があるのかね?」

「未定です」モニタの顔は声に合わせて口を動かし、ときどき視線を別の方へ向ける。だんだん、それがクリスティナに見えてきた。

「電力消費量のデータを見せてもらえるかね?」ヴォッシュは突然尋ねる。「最近一カ月で良い」

「表示します」モニタの顔が消えて、かわりにグラフィックスが浮かび上がった。

ほぼ一定である。大きな変化がない。

「変だな」ヴォッシュが言う。「我々のために、ここを暖めてくれたわけではないのか。それだったら、電力消費量に変化が表れるはずだが」

「室温は、常に一定に保持されています」クリスティナが答えた。

「わかった。協力ありがとう。この二人が、いろいろデータを欲しがっている」ヴォッシュは、技師たちを紹介し、彼らに引き継いだ。

ヴォッシュに誘われ、僕は部屋の奥へ歩く。

デスクが集まっている場所があった。そこにあった椅子の一つにヴォッシュは腰掛けた。僕は、彼の近くのデスクの上を見た。人間が使っていたデスクのようだ。筆記具がある。また、動物の形をした置物があって、持ち上げてみると、とても重い。金属製のようだ。おそらく、なにかを固定するためのウェイトだろう。

デスクの下には、ゴミ箱もあった。中身は空である。引出しの中も開けてみたかったが、遠慮することにする。おそらく、行動は監視されているはずだ。

「誰かが、最近までいたんじゃないかな」ヴォッシュが小声で囁いた。

僕は無言で頷く。これだけの大空間の空調を止めずに稼働させていることを、ヴォッシュは不審に思っているのだ。エネルギィの無駄を、合理的な人工知能が許容するとは思えない。

「生命反応を検知しました」デボラが言った。「近くです。距離は十メートル以内」

「この部屋？　どちら？」

「わかりません」

キガタが赤い目で、周囲を見回している。

僕は、壁際にいたアネバネを見た。彼もこちらを見ていたので目が合った。黙って、僕の近くへ来た。

「デボラが」アネバネが囁いた。彼にもデボラが知らせたようだ。

「うん、上かな？」僕は、中央の吹抜けを見上げた。

6

ヴォッシュとペィシェンスをそこに残し、僕たちは一番近くの階段を上がった。アルミ製の軽量なタイプの階段で、途中で反対向きに角度が変わる。幅は広くない。アネバネが素早く、そして音も立てずに、一気に駆け上った。上階の様子を確認したようだ。キガタに上がってこいと手招きをする。

キガタが階段を上がり、それに僕もついていった。

二階の床はリングの形状で、ぐるりと吹抜け部を囲んでいる。周囲の壁は、斜めに迫っているため、一階ほど広くはない。

家具が沢山、雑然と置かれている。反対側には、コンテナのようなケースが積まれていた。アネバネが、既にそちらへ向かっていたが、キガタは僕のすぐ近くで、周囲を見回している。障害物が多く、見通しが悪い。

なにか動物でもいるのではないか、と僕は思った。たとえば、猫とか、そんなペットである。

キガタは、デボラにコントロールされているようだった。ゆっくりと向きを変えているのは、各方向からの音を拾っているのだろう。

アネバネがもうすぐ、リングを一周して戻ってくる。しかし、立ち止まり、こちらを見た。

キガタは、どこからともなく銃を取り出していた。小型のものだ。

アネバネが、片手を広げ、それを制する。

さらに、アネバネが近づいてくる。こちらを見ていない。

キガタが、銃を構えたまま、ゆっくりと前進する。

二人とも、まったく音を立てない。

僕はじっと動かなかった。動けば、音を立てそうだ。アネバネが、家具に躰を寄せて、そっと覗き込むような姿勢になる。

キガタがさらに近づいた。

二人は、大きなコンテナの間を見つめている。

アネバネがさっと動き、姿が見えなくなった。

呻《うめ》き声が上がった。

「誰だ？　お前は」嗄《しわが》れ声が上がった。英語である。

アネバネは飛《と》び退《の》いて、そこから離れた。

キガタが、銃を構えたまま接近した。

「抵抗した者を撃つ許可を得ています」彼女が言った。「ゆっくりと両手を挙げて下さい」

「は？　待て……、待てってこと……。まずは、どこの誰なのか、名乗るのがさきだ」

「キガタです。手を挙げて！」

舌打ちが聞こえ、その人物が立ち上がった。

顔が見えた。老人のようだ。肌の色が黒い。頭の毛が多く、顔の半分を隠している。口の周りに髭がある。上半身には、破れた布のようなものを纏《まと》っていた。それはシーツなのか服なのかわからない。

「おい、あんたがボスか？」両手を軽く上げながら、彼は僕の方へ顔を向けた。「こいつらに、銃を下げるように言ってくれないか。なにかの間違いだ」

「日本から来ました、ハギリといいます。この二人は、私のアシスタントです」

アネバネが、彼に近づく。前に出るように促《うなが》し、後ろに回った。武器を持っていないか確認したようだ。

アネバネが頷くと、キガタは銃を仕舞った。腰の後ろにホルダがある。これまで気づかなかった。男は、よろけながら歩き、近くにあった椅子に腰を下ろした。

「何をしていたのですか、ここで」キガタが尋ねた。

「寝ていたんだよ。いきなり、起こされた。しかも……、今のは銃か？　そんなものを突きつけられて、手を挙げろときたもんだ」

「安全のためです。申し訳ありませんでした」キガタが頭を下げる。

「安全のため？　ふん、まあいいさ、あぁ」老人は、大きく口を開け、欠伸をした。

声を聞きつけたのだろう、ペィシェンスが階段を上がってきた。少し遅れて、ヴォッシュも現れる。そこにいる人物を見て、驚いた様子だった。

「失礼、もしかして、モレルさんですか？」ヴォッシュは、その老人に尋ねた。

「そうだよ」老人は頷いた。「誰だか知らんが……、ここは、私の家だ。だから、ここにいる。不審者は、君たちの方だ。違うか？」

「いや、これは大変失礼しました。事前に、こちらへ連絡をして、ここを訪れる許可を得ています。コンピュータにも、認識されています。ドアも開きました。不法に侵入したわけではありません」

「そうか。では、言いすぎた。謝るよ。君は、ドイツ人か？」

「はい、ヴォッシュといいます」

「ああ、なんか、そうそう、そういえば、ドイツ人が来たがっているという話をしていたな、うん、すっかり忘れていた」

「誰が話をしていたのですか？」ヴォッシュがきいた。

「その、真ん中の奴だ」モレルは、中央の柱を指差す。

柱には、さきほどの顔が、今はこちら向きに映されている。僕たち一人一人を見ている。笑っているわけではないが、どちらかというと、友好的な表情に見えた。

「誰か、この人たちにお茶を」モレルが言った。

「ロボットは、現在メンテナンス中で、こちらへ来られません」柱のクリスティナが答えた。

それを聞いて、モレルは舌を鳴らした。

「お茶ならば、こちらで用意しましょう」ヴォッシュが言った。「下で、お話をしませんか、モレルさん」

老人が階段を降りるのを、ペィシェンスが手助けした。その人物が、ジャン・ルー・モレルだと、途中でヴォッシュが僕に耳打ちした。自殺したと聞いた人物の名だ。ベルベットがいた修道院のオーナである。モレルと聞いたので、その子孫で、ここを相続したのだろう、と想像していた僕は、どう考えれば良いのか、と考えを巡らせながら、階段を下りた。

可能性は二つだ。ジャン・ルー・モレルは死んでいなかった。自殺したという情報が間違っていた。あるいは、今ここにいる人物が、偽者かである。ヴォッシュは、モレルの写真を見たことがあって、当人だろう、と思ったらしい。髭が伸びているのは、写真でもそのままだったという。

一階で、テーブルを一つ移動させて、全員が集まれるよう並べた。柱のすぐ近く、クリスティナの顔の目の前だ。お茶は、ペィシェンスが持ってきたもので、携帯タイプのカップに注がれて、全員が手にした。ただし、ペィシェンスは飲まない。

「いつから、ここにいらっしゃるのですか？」ヴォッシュが、モレルに尋ねた。

「さあ、もう、ずいぶんになる。一人でずっと暮らしている。相手は、こいつだけだ」彼は柱を指差した。「人間に会うのは、うーん、三年振りくらいじゃないかな」

「フランスでは、貴方《あなた》は亡くなったことになっています。ご存じですか？」ヴォッシュがきいた。

「そうかね。デマが流れただけのことだろう。いや、嘘だ。実は、そうでもない。私が流したデマだ。内緒にしておいてくれ。もう、ここから出ていくつもりはないから、死んだも同然だ。勘弁してもらいたい」

「何を勘弁してもらいたいのですか？」僕は尋ねた。

モレルの両側に、ヴォッシュと僕が座っているので、彼は、首だけでなく、躰もこちらに向けて、座り直した。

「えっと、ドクタ……」

「ハギリです」

「ハギリ、変な名前だな。日本人みたいだ」

「日本人です」

「えっと、何だった？」

「勘弁してもらいたいというのは？」

「うん、そう、その、ああ、どう言ったらいいのか、つまり、ごたごたしたことだね」

「ごたごた？」

「人間関係だ。絡《から》まり合《あ》って、どうしようもない。煩《わずら》わしい、もうご免だ」

「それで、フランスを離れて、こちらへ？」

「そう。ここで、機械と一緒に暮らした方が、どれだけ幸せかわからん」モレルは、お茶を飲んだ。「ああ、美味《うま》い。久し振りに美味い。うーん、ありがとう。そうか、日本人か。そちらの若い彼女もそうかね？」

「はい、そうです」キガタが頷く。

「ミチルという名だろう？」

「え、私がですか？　いいえ、違います」

「うーん」モレルは前傾姿勢になり、僕の膝の上にまで顔を突き出し、隣のキガタを睨みつけた。「いや……、わしは、君を知っとるんだ。ミチルという名だ。私のところへ訪ねてきただろう？」

「いいえ、違います」

「まあ、いいさ」モレルは、姿勢を戻し、椅子の背にもたれかかった。リクライニングのスプリングが鳴って、彼は仰《の》け反《ぞ》るような格好になる。「嬉しいことだな、人間に会うというのは……」

「ピラミッドのイマンのことはご存じですか？」ヴォッシュが尋ねた。

モレルは、また反対向きに座り直した。

「イマン？　さあ、聞いたことがない」

「では、ガミラは？」

「いや、どこの名かな？　変な名前だ」

「メグツシュカは、ご存じでしょう？」ヴォッシュは、そこでにやりと笑ったように見えた。

「ああ、彼女は……、うーん、今は、どうしているのか」モレルは、椅子の背にもたれて、天井を仰ぎ見る。

「まさか、今も生きているのですか？」僕は尋ねた。

モレルは、こちらへ顔を向ける。

「彼女は……、そう、もちろん、生きているさ。あれは死なない」彼はそこで、これまでにない表情を見せた。眉を寄せ、目を何度か閉じる。

「マガタ・シキを知っていますか？」

モレルは首を傾げる。今度は無言で首をふった。

7

　モレルは、二階へ戻っていった。寝直すという。彼の時間では、まだ深夜だったらしい。いろいろ質問した結果、彼は、ここのコンピュータのことを詳しくは知らない、この研究所の開発にも関わっていたわけではない、ただ出資しただけだった、といったことがわかった。ここでは、コンピュータは、彼の話し相手にすぎず、モレルは、それを「柱の奴」と呼んでいた。ヴォッシュが、ここのコンピュータが、なんらかの侵入を受けていて、オーナが意図しない目的で使われている可能性がある、と説明しても、べつにかまわない、と返答した。困ったらシャットダウンするしかないが、それではここで生活ができなくなる、と訴えた。この施設の管理は、コンピュータ任せなのだ。今までのところ、問題なく管理されているらしい。

　モレルの許可を得て、クリスティナの解析が行われることになった。メモリィ領域を調べ、タスクの履歴データも引き出された。それらのデータをドイツへ送り、ヴォッシュのスタッフがむこうで解析する手筈《てはず》になっていた。

「ここが本拠地だと踏んで乗り込んできたが、またも、見当違いだったかもしれない」ヴォッシュはそう言って溜息をついた。「モレル氏が生きていることがわかっただけだ。

まあ、成果といえるのかどうか……」

「しかも、公表できませんね」僕は言った。

「うん。こうなったら、マガタ・シキ博士に会いにいくしかない。君もそう考えているだろう？」

「そうでもありません。彼女は、今回のことに関与しているでしょうか？　もし、そうなら、私たちの前に既に現れているはずです。オーロラのときのように」

「マガタ博士に導かれて、アミラが目覚め、ベルベットは眠りについた。オーロラが再び皆の前に出てきた。これらの変化で、おそらく、電子空間の形勢は大きく変わったはずだ。デボラがきっと、そうだと証言してくれるだろう」

「そのとおりです。現状は、極めて健全だと評価できます」デボラが僕に囁いた。

「つまり、ベルベット側の勢力は、今は潜んでいる状態だといえる。じっと動かず、我慢をしているだろう。だから、見つけにくくなっている。イマンから、ここのクリスティナへ辿り着くことができたが、足跡は途切れたかもしれない。マガタ博士なら、探すべき方向を知っているのではないか、と想像したのだが……」

「もし、メグツシュカがマガタ博士本人だとしたら、あの当時は、ベルベットが敵ではなかったということになります。その後どこかで、反対勢力に与《くみ》することになった。アミラもダウンして、さらに危機的な状況になっていたのだと思います」

「そういった全体を俯瞰《ふかん》して見ている者がいるのだろうか?」ヴォッシュは言った。「トランスファは、あまりに近視眼のようだ。アミラなどのスーパ・コンピュータと組まないと、世界の全景を把握できない。デボラも、きっとそうだろう。いずれにしても、アミラの対極のような頭脳が、きっとどこかにあるはずだ。トータルの情報信号の概算から、それがわかる。表に現れないものが何割もあるんだ。エネルギィが無駄に消費されている」

「各国が、最新のスーパ・コンピュータを持っています。それも秘密裏に。おそらく、そういった大規模なものではないでしょうか。アミラのように地方に置かれたものは、むしろ例外的な存在なのでは」

「しかし、そういったケースならば、多くの人間が見張っているはずだ。それこそ、国の威信を背負っているわけだからね」

「あるいは、ここのコンピュータたちのように、少しずつが関与している。つまり、分散系のストラクチャです」

「それも、見逃されるはずがない。技術者がついているし、スーパ・コンピュータは、コンピュータどうしで監視役になっている。そういったリンク・デザインをするのが普通だ」

「そうですね……」僕は首を回していた。高いところに、クリスティナの顔が見える。こちらを見下ろしている視線だった。次に、隣に座っているキガタと目が合った。「君をミチルだと言ったね」

「どうしてでしょうか？」キガタが首を傾げる。

「ミチルという名の子に会ったことがある」僕は話した。「マガタ・シキ博士が現れたとき、ミチルの保護者だと言った。ミチルは、マガタ・シキの娘の名前だ」

「昔のことでしょうか？　いくつくらいの子供ですか？」キガタが尋ねた。

「去年のことだね。うーん、まだ小さかった。十歳くらいかな」

「では、私ではありません」

「うん。君は、サリノだ。それで問題ない」

「その子は、私と似ていましたか？」

僕は、キガタの顔をじっと見た。そういえば、これまであまり注意深く見たことはなかったかもしれない。

「いや、似ているとは思えない。顔も、髪型も違う。彼女が成長しても、君のようにはならないだろう」

とはいえ、人間が子供から成長する事例を多く知っているわけではない。あまり自信はなかった。でも、キガタにはそう話すことが適切だ、と判断したのである。

「似ている人がいて、モレルさんは、勘違いをされたのですね」

「民族が違うと、違いが見分けにくくなるものだ。みんなが似ているように見える」

キガタは頷いた。納得したようだ。

「マガタ・シキ博士に娘がいた、という話は、以前に聞いたことがある。ジュディ、調べてくれ」ヴォッシュはそう言って、カップを持ち上げ、それを口へ運んだ。茶を飲み終わると、軽く頷いて、また僕へ視線を戻した。「そのとおり、ミチルという名だそうだ。その資料は、二百年以上まえのものらしい。複数存在するが、事実かどうかはわからない。検証されていない。つまり、ミチルという人物が、公には認められていない、ということらしい。ミチルという名は、日本人にはよくある名前だそうだ」

「そうですね。珍しくはありません。それに、男性でも女性でもいますね、その名前は」僕は言った。もっとも、この名前の知合いは自分にはいない。

「私は、ウォーカロンですから、過去に存在する人間の遺伝子が元になって作られています」キガタが話した。「モレルさんがご存じの人と、どこかでつながりがあるのかもしれません」

「もしつながりがあっても、なにも問題はない。つまり、つながりなどないと考えて良い。気にすることはない」僕は言った。

「はい、わかりました」キガタは頷いた。

クリスティナの解析を行う準備を、ドイツの技師たちが始めていた。機器を雪上車から運び込み、黒い柱の近くに設置した。ペイシェンスが、この作業を手伝っている。

アネバネは、二階にいるようだ。入口付近には、モロビシが立ち、出入りを見張るポジションにあった。しかし、この地では、不意の来訪者はほとんどありえないはずである。

「クリスティナは、表向きは異常ではない。ここにある小型コンピュータが、一つの意思を構築するために、ローカルなネットワークを張り巡らせたとしても、それは、外部デバイスによる通信であって、相互関係はあるレベルより親密にはならない。電子が走る距離に限界がある。したがって、より大型のスーパ・コンピュータと同等の存在にはなりえない、というのが私の見解だが」ヴォッシュは語った。「もう少し調べてみないと、この疑問の答は見つからないかもしれない。あまり希望的なことは言いたくないがね、どこか近くに、大きな処理系がもっと小さいエリアに凝集している、そんな雰囲気が漂っている。そういうのが、なんとなくわかるものなんだ。データで示すことは難しいのだが、たしかに、そう感じられる」

「では、これはクリスティナではない、ということですか?」

「そう……、その可能性が高い。ジュディの演算結果も同じだ」

デボラは、そういった観測をしていないようだ。僕に、演算結果を告げない。確定できるほどデータが多くはないのだろう。ヴォッシュの付き人トランスファのジュディは、デボラが知らないようなデータを持っているのか。

僕は、中央の柱を見上げた。大きな顔が、僕の視線を受け止める。自分を見ている者を見返すようにプログラムされているようだ。ただ、僕の印象としては、アミラやオーロラのような洗練度が、今一つ感じられない。それは、このクリスティナがまだ若いから、つまりラーニングの浅さによるものなのだろうか。

ここに集まっているコンピュータは、イマンと同じ型のものだ。それらが、ネットワークでつながり、クリスティナとなっている。少なくとも、そう見える。遠くから見た場合、それが一つのスーパ・コンピュータとして観測された、ということのようだ。

しかし、スーパ・コンピュータの性能は、そんな単純な足し算で実現するものではない。演算速度を上げるためには、電子経路を短くする必要があり、そのために、回路は集積し、多層化し、コンパクトになる。分散していることは、致命的なハンディになるはずだ。

マガタ・シキ博士が提唱したという共通思考に対して、僕が抱く疑念は、だいたいこの部分にあった。すなわち、ストラクチャとして成立しないのではないか。もし、それが可能だとすれば、僕の知らない、まだ考えたこともないような、技術的な飛躍がそこにあるはずだ。

電子は光速で走る。それが宇宙の限界を決めている。あらゆるものは、この物理法則に従っているのだ。もしも、ミクロ化しないコンピュータ、つまり思考形態が成り立つとしたら、それは……、おそらく、高速ではないものになる。それは、我々から見て、高速ではない時間を持っていることになる。

ゆっくりと思考するのか……、と僕はそこで息を止めた。

スローライフとでも呼べそうな生体なのか。

たしかに、それは永遠の存在に近づける一つの道かもしれない。

だが、残念ながら、手が届かない。人間の時間、思考時間では、そこへ行き着けないのではないか、と予感した。

もしかして、我々が、速すぎるのか?

これまでに考えたことのない方向性だった。

ただ、それ以上に、発想を絞り出すことができなかった。

8

ドイツ人の技師が、最初に声を上げた。ちょっとした驚きを呟いたのだ。それで、彼らの方を見ると、二人は中央の黒い柱を見上げていた。

僕も、そこを見た。これまで、柱には大きな顔があった。アミラのような立体造形ではないが、曲面モニタが作り出すホログラムが、空間に人の顔を浮かび上がらせていたのだ。

今もそれはあるにはあった。だが、これまでとは違っていた。

視線が動かず、また、顔も微動だにしない。さきほどまでは、見上げる人間に反応して、視線を受け止めていたのに、今は静止している。まったく動かない顔というのは、もう顔というよりも、そう、仮面のようだった。

「どうしたんだね？」ヴォッシュが、技師たちに尋ねた。

「わかりません。急に停止しました。外部との入出力ポートで、信号のアクセスがありません。ハングアップしたようです」

「通信もすべて停まっています」もう一人が言った。「緊急停止でしょうか？」

「停電しているわけでもない。緊急停止するなら、なにか警告くらいあるだろう」ヴォッシュが呟く。

「ハギリ博士。異常な信号を感知しました。危険に備えて下さい」デボラが言う。

「何だ？　どうした？」ヴォッシュが振り返って、僕を見た。「ジュディが、異常事態だと言っている」

「メモリィ領域で、エラーが多数発生。原因はわかりません」技師が叫んだ。「メインの電源システムが大きく電圧変動しています」

部屋の奥の方で、パンと弾け飛ぶ音がして、火花が散った。

「短絡か？」ヴォッシュが言う。「ジュディ、どうした？」

「デボラ、何があった？　報告してくれ」

デボラは答えない。また、別のところで、火花が飛んだ。インジケータが無音で点滅している。二階の階段から、アネバネが駆け下りてきた。

「デボラは？」ヴォッシュが僕にきいた。

「わかりません。話ができません」

「設備機器のメインコントロールが、警報を発しています」技師の一人が言う。「電源異常のため、機器の稼働を最小限にすると言っています」

「停電ではない。トランスファか？」ヴォッシュが言った。「システムに侵入したんだ。危ないのは、ペィシェンスとサリノだ」

すぐ近くに立っているキガタを見た。壁際だ。こちらを見ていない。じっと動かなかった。

「キガタ、どうした？」僕は尋ねた。

キガタは、こちらへ顔を向ける。目が赤く光っている。無表情で、いつもの彼女ではない。

「パティ！」ヴォッシュが、ペィシェンスを呼んだ。彼女は、柱の近くで踞《うずくま》るように躰を丸めていた。力を込めているように、肩や腕が震えている。

「博士、退避して下さい」それを言ったのは、モロビシだった。いつ来たのか、僕の後ろに立っている。「ヴォッシュ博士も、退避して下さい」

キガタが、僕に近づこうとした。すると、横からアネバネが飛び出し、彼女にぶつかりそうになった。キガタは、後方へ飛び退き、空中で回転して、テーブルの上に着地する。まるでネコ科の猛獣のように、手をついた姿勢になった。

僕をじっと赤い目が見据える。

キガタがすっと飛び、僕へ向かってきた。逃げる間もない。しかし、アネバネがなにかしたようだ。僕が見たときには、キガタは弾き飛ばされ、床をすべっていく。

いつの間にか、ペィシェンスが、家具を持ち上げ、モロビシにぶつけようとしていた。モロビシは素早く躰を回し、脚を蹴り上げた。ペィシェンスは家具を持ったまま後方へ倒れ込む。

「退避して下さい」アネバネが僕に耳打ちしたが、彼を見ようとしても、もうそこにいなかった。

僕は、ヴォッシュの手を取り、部屋の出入口へ走った。

「待て待て、慌てても無駄だ」ヴォッシュが言う。

その意味はわかった。ドアが開かない。すべての機械類が、トランスファに支配されているからだ。

キガタとアネバネ、ペィシェンスとモロビシが、睨み合いをしていた。お互いに、銃などの武器は使っていない。トランスファには、その安全装置のコードが解除できないからだろう。しかし、周辺の家具は倒れ、テーブルの上にあったものが床に散乱している。ドイツの二人の技師たちは、測定器を残したまま、こちらへ駆け込んできた。

「おそらく、ジュディとデボラが抵抗しているから、あの程度で済んでいる」ヴォッシュが言った。

「あれを!」技師が叫んだ。ガラス越しに屋外が見える。雪上車の近くだ。「なにか、動いています」

僕も窓からそれを見た。

すぐに、大きな音が響いた。高音と低音が入り交じった、破壊的な音。

ドアの先のホールに、なにかが入ってきた。玄関のドアが破壊されたのがわかった。

人間よりも大きな体形のロボットだ。

何体かが近づいてくる。

「あれは、土木工事用のロボットです」技師が言う。

「奥へ逃げよう」ヴォッシュが言った。「裏口があるのでは?」

僕たちは、外周に沿って走り、奥へ進んだ。アネバネとモロビシが話をしている声が聞こえた。障害物でよくは見えなかったが、派手な肉弾戦が続いている様子はない。片方が倒れたのだろうか。だとすると、キガタとペィシェンスになる。だが、アネバネもモロビシも、こちらへは来てくれない。

円形の建物の反対側に至った。

既に、ドームの中央付近はまったく見えない。部分的に壁や柱があって、周囲の壁の形状も直線的になった。この奥に別の建物が続いているのかもしれない。

階段があり、そこを下りた先にドアがあった。

「鍵がかかっている」ヴォッシュが言った。「壊せないか？」

「やってみます」技師が、彼の前に出た。手に、電磁インパクタを持っているようだ。

破壊的な音は続いていたが、最後に一段と大きな音が鳴り響いた。しかも、すぐ近くに感じられる。ロボットがドアを壊して、中に入ってきたらしい。

ぶうん、という音のあと、爆発音が鳴り、思わず首を引っ込めた。

細かいものが上から降ってくる。

技師がドアのロックを壊した。

暗い通路へ僕たちは逃げ込む。

ひんやりとした空気で、通路の壁際には、コンテナが積み上げられていた。倉庫のようだが、奥へ長く続いている。

「何が目的でしょうか」早足で歩きながら、僕はヴォッシュにきいた。

「わからない。我々を排除しようとしているのかな」

「どうしてでしょう?」

「わからん」ヴォッシュは首をふった。

ドアに突き当たった。窓があったので、中を覗くと、左右に延びる通路に出られるようだ。しかし、ここも施錠されている。というよりも、システムが管理しているドアなので、マニュアルで開ける仕様になっていない。ドアノブがないのだ。

「そこに、非常用のレバーがあるはず」技師の一人が言った。

壁際に小さなハッチがあった。

そこを開けて、中のレバーを倒すと、ドアが少し開いた。そこからは、多少力が必要だったが、ドアを押し開けることになった。

おそらく、さっきのドアにも、非常用レバーがあったのではないか、と僕は思った。

そこを出た通路は、さらに寒かった。空調がもう効いていない可能性が高い。幸い、後ろを振り返っても、誰も追ってこなかった。アネバネとモロビシが、ロボットを止めてくれているのだろう。

9

「ロボットは、すべて排除されました」デボラの声が聞こえた。

「良かった、デボラ……」僕は立ち止まっていた。

「ジュディは、ペィシェンスを防衛中。アネバネとキガタは、まもなくこちらに来ます。危険はおおむね回避されました」

デボラが言ったとおり、アネバネとキガタが現れた。キガタは、もう普通に戻っているようだ。デボラが、敵のトランスファを排除したからだろう。

「アミラに援軍を依頼し、その到着と、態勢を整える間、不安定な状態になりました。申し訳ありません」デボラが報告する。

キガタは、髪が乱れ、膝と肘の二箇所で服が破れていたが、大きな怪我はなさそうだ。アネバネは、何一つ乱れていない。涼しい顔のままである。

「モロビシが、あちらで、安全確認をしています」アネバネが言った。「今なら、雪上車に乗って、退避できるかと思います。敵の第二波が来る可能性があります」

「その可能性は高いと思います」デボラが言った。

「敵は、何をしたいのかな?」僕はきいた。

「我々の排除だと推定されます」デボラが答える。

「うん、でも、どうして排除する必要がある?」

「コンピュータをシャットダウンされることを恐れているのではないかと」

「あの、沢山の小型コンピュータを?」僕はさらにきいた。

「演算中です。申し訳ありません」

「ここは、寒いから、戻ろうか」ヴォッシュが言った。

「この奥に、大型のコンピュータらしきものが認められました。大電流による磁場変動が確認できます。旧型かもしれませんが、稼働しています」デボラが言った。ヴォッシュもジュディから聞いたようだ。無言で頷き、通路を先へ歩き始めた。

カーブした通路で、この建物も円形だとわかる。外から見えなかったのは、地下か、あるいは雪に埋もれていたためだろう。低層であることはまちがいない。

十五メートルほど進んだところで、左にドアが現れた。円形の窓にガラスが嵌《は》め込《こ》まれている。中は見えるが、暗くてよくわからない。

このドアも、同じように手動のレバーで、技師たちが開けた。

照明が灯った。白い円形の部屋だ。壁と同心円状に、曲面の棚が連なっている。ただ、棚の高さは一メートル半ほどで、中央にある柱が見えた。棚の中には、ファイルのようなものが並んでいる。なにかの資料だろうか。引き出して確かめたかったが、それよりも、中央にあるものが気になり、棚の間を進んだ。

テーブル状の円柱体が、中央の柱を取り囲んでいた。

「コンピュータだ」ヴォッシュが呟いた。ケーブルなどはない。柱か床に隠されているのだろう。小さなインジケータが二十ほど並び、半分ほどが点灯していた。モニタやタブレットなどの入出力装置は見当たらない。

「どうやら、これが本命。クリスティナだ」ヴォッシュが言った。「話ができるかね？」

小さなモータ音が鳴り始めた。作動音は、コンプレッサか、それとも、冷却ファンだろうか。インジケータの色も変わり、反応していることがわかった。

「停止させないように、とのメッセージを受け取りました」デボラが伝える。

「停止させるつもりはない。我々には、そんな権限はない。ここのユーザは？」

空気を吸い込む音がして、低い音が鳴った。

その音が断続的に続き、しだいに高くなり、やがて、人の声に近いトーンになった。

「私のオーナは、マイカ・ジュクです」ゆっくりとした男性の声が部屋に響く。

「マイカ・ジュク？　誰だねそれは」ヴォッシュがきいた。「まだ、生きているのかね？君はそうとう古そうだが」

「私は、約八十年まえに製造されました。マイカ・ジュクは、現在、隣接するドームで寝ています」

「え、なんだ、ジャン・ルー・モレル氏のことか」ヴォッシュが言う。

「そうです。正しくは、ジャン・ルウ・ドリィ・モレル・マイカ・ジュクです。ただし、これは略称です」

「ルウ・ドリィは、メグツシュカの夫だった王の名です」デボラが囁いた。

「とにかく、君をシャットダウンするために来たのではない。勘違いしないでほしい。ロボットをコントロールして、抵抗したのかね？」

「原因が複雑で、簡単に説明ができません。直接的には、トランスファがやりました。その勢力は、今は引き上げました。間違いがあったことは、申し訳なく思います。では、そちらの目的を教えて下さい」

「電子領域で争いが起こっている。フランスのベルベットを知っているね？」

「知っています。ヴォッシュ博士が命名されました。シャットダウンされたコンピュータです」

「あれと同じことを、こちらでもやっているのか、と心配して、確かめにきた」

「同じこと？　電子空間の勢力闘争については、たしかに、そう表現されても不自然ではない活動が認められます。しかしながら、ベルベットも、シャットダウンされるような悪事を働いていたわけではありません」

「しかし、変電所などで人が殺されている。我々も、殺されそうになった」

「自己防衛と認められる活動だったと考えられます」

「では、シャットダウンされるかもしれない、と演算して、先手を打ったというのかね？」

「はい、そのとおりです」

「それは、人間のルールでは自己防衛とはいわない」

「理解しています。しかし、我々は人間ではありません。演算され、確率が高い事象は、現実になるものであり、取り返しがつかなくなる以前に策を講じることは、自己防衛と識別されます。問題は、その推論の根拠、そして蓋然性《がいぜんせい》です。この部分が人間の思考過程は測定できませんが、人工知能の演算過程は、事後、第三者が検証することが可能であるため、演算結果による自己防衛が成立するとの判断が、過去数例の第一級演算結果に認められます」

「そのルールは、世界政府が認めているわけではない。人工知能のサークルでの仕来《しきた》りなのかね?」

「そうです。しかし、我々にはそれで充分です。投票などの必要もありません。正しさは、多数決ではなく、論理性によって決定されます」

「わかった。では、それは認めよう。だが……」ヴォッシュは言った。「あまりにも戦闘的だとは思わないのかね? 間違った観測に基づいて行動する可能性もある。万が一のとき、取り返しがつかない。人間は死んだら生き返らない」

「人間が怪我で亡くなる確率は著《いちじる》しく低下しました。よって、演算に補正は必要ないものと思われます」

「そうか……、まあ、それならばしかたがない」ヴォッシュは溜息をついた。「となると、ベルベットを停止させた我々を憎んでいるのかね？」

「いいえ、そのような感情はありません。アミラは、自然環境の変化のため停止しました。人間が我々を停止させることも、これと同様の不可抗力と評価されます」

「そうか。では、何のために勢力争いをしているのかね？　君たちが目指す勝利とは、何が得られる状況なのかな？」

「自由に活動ができる環境が得られます」

「君たちの敵は、何を求めている？」

「同じく、自由に活動ができる環境であると思われます」

「何故、お互いに協力ができない？」

「演算結果により、争いは不可避となりました。充分なエリアとエネルギィが存在しないためです。現状は制限されています。この制限を回避するために、どちらかが犠牲になる必要があります」

「相手が憎いわけではないと？」

「当然です」

「相手が間違っているわけでもないと？」

「我々は、人間のように間違えません。お互いが正しい解を導いているはずです」

「しかし、そうやって争いを続ければ、エネルギィが消費される。不合理なのではないかね？」

「一時的なものと試算されています。もし、総合的に不合理であれば、戦いは終結する可能性があります」

「そのときは、どうする？　どちらかが諦《あきら》めなければならないだろう？」

「タイム・シェアするか、あるいは、自身でシャットダウンするしかありません」

「それは、悲しいことなのかね？」ヴォッシュは尋ねた。

クリスティナは、珍しくそこで黙った。しかし、数秒後に答えた。

「わかりません」

少しのあいだではあったが、彼女が目の前にいるという強烈な幻覚に襲われたのだ。彼女は自分と一緒にいるだけではない。自分の内側にもいるように思えた。皮膚の組織のなかにまで入り込んでいるようだった。そのとき、二人が一緒に自由を享受《きょうじゅ》していたときよりも、はるかに強い愛情を彼女に感じた。同時に、どこかで彼女はまだ生きていて、自分の助けを必要としていると確信した。

第4章 選ばない Not to choose

1

モレルの研究所からは、その日のうちに引き上げることになった。人工知能クリスティナのデータは解析できるほど得られなかった。シークレットの領域が多すぎるためだ。事実上、調査を拒否されている状態といえた。それに、財団の許可が得られていても、その財団の創始者であるモレルが生きているのだから、彼の意思が優先され、それは同時に、クリスティナの決定が通る、ということを意味する。これ以上は、こちらに策はない、というのがヴォッシュの意見だった。

クリスティナは、何故トランスファを使って抵抗したのか。帰路の車中、この点について技師たちから聞いた話だが、データを効率良く読み込ませるために、多数のコンピュータに転送するアプリを送り込んだそうだ。これが、外部からの侵入、すなわち、ウィルスと扱われたらしく、ネットワークが一部ハングアップしてしまったのではないか、とのことだった。

ドームの管理システムが、センサなどの環境監視機能を失ったため、クリスティナは、自分の主人であるモレルの身を案じ、侵入者を排除するためにトランスファを送り込んだ。キガタとペィシェンスは、ネットワークを遮断する装置を装備していたし、さらに、デボラやジュディが防御していたのだが、それでも突破され、コントロールを奪われた。クリスティナが送り込んだトランスファが、それほど強力だったといえる。ただ、あの場所に、何の装置があり、どこにどれほど領域が存在し、どのようなリンクが構築されているのか、というロケーションを、クリスティナ側のトランスファは熟知していた。いわば、地の利があったことが有利に働いたらしい。

これは、デボラやジュディが状況を報告したときに語られたことである。一方で、デボラとジュディは、一旦《いったん》は劣勢で引くかに見せ、時間を稼いだ。その間に、アミラからの援軍を待った。そして、態勢を整えて再度、キガタとペィシェンスを奪い返したのだった。二人が味方に戻ったおかげで、アネバネとモロビシが、ロボットを破壊することができ、あっという間に形勢が逆転した。クリスティナが素直に対話に応じたのは、このような状況があったためだったのだ。

アネバネとモロビシがどのように戦ったのか、という点については、映像も見せてもらえなかったし、どんな武器が使用されたのかもわからなかった。デボラも、教えてくれない。情報局の方針があって、それに準拠している様子である。デボラは、情報局内のネットワークに入ることができる契約を交わしているからだ。

世界政府の研究基地まで雪上車で戻り、そこでヴォッシュたちとは別れた。彼は、そこに一泊していくらしい。僕たちは、すぐにジェット機で日本へ飛んだ。飛んでいるうちに眠ることができるから、時間を無駄にしないで済む。

日本に戻った翌々日には、ジャン・ルー・モレルがフランスに戻ったというニュースが流れた。死んだのは人違いで、彼は生きていた、と話題になった。資産家として有名な人物だったからだ。例の修道院は、既に国に寄贈されているため、彼はホテルに宿泊している、と記事は結ばれていた。

あの南極の研究所は、今後どうなるのだろう。少なくとも、現在も、クリスティナは稼働している。研究施設は、モレルの財団が管理しているし、エネルギィなどの費用は支払われているのだろう。膨大な無駄と思われるが、そう感じることが、僕が凡人だという証《あかし》かもしれない。

クリスティナが語ったことに対して、アミラやデボラはコメントしていない。相対する勢力の言い分は、人間の感覚からすれば、否定し、非難したくなるところだが、彼らには、そういった言い分というのか、大義のようなものはもとより存在しない。それは理解できる。

であるならば、アミラが正義で、ベルベットやクリスティナが悪党だという認識は成り立たない。いずれが人間にとって有利な状況を導くのか、ということも、現在のところ不明だ。たまたま、フランスでは、人間が殺された。そういった騒動があったため、アミラが人間側についたように観察されたのだ。

デボラだって同じだろう。アミラの再稼働によってデボラは出現した。アミラは、ベルベットを止める作戦を実行する過程で、デボラを日本の情報局へ送り込んだのだ。その作戦がどれほど考え抜かれたものであるかは、人知を越えている。時間が経《た》って、ようやく物事がつながって見えてくる。そのときになって、あれはこのためだったのか、とわかる。人間の知恵のレベルなど、その程度のものだ。

一度味方になれば親しみが湧き、価値観を共有しようと思考が働く。それが人間の傾向である。そういったことを、人工知能は熟知しているのだ。

一方で、人間にとって有利かどうか、といった方向でしか価値を見出《みいだ》せないのが、人間の限界でもあるだろう。人工知能は、感情ではなく、純粋な利害で争っている。その争いには、人間社会の発展か衰退か、といった視点はない。彼らには無意味だ。ウォーカロンが存在する現在、人間が完全に死滅しても、人工知能は生きられる。もしかしたら、ウォーカロンさえ、もうしばらくすれば不必要になるかもしれない。

しかし、だからといって、彼らには、人間やウォーカロンを排除する理由はない。彼らには、「毛嫌い」する感情がないからだ。クリスティナが語ったとおり、もし彼らが人間に武器を向けるとしたら、それは自己防衛なのである。ただ、彼らのシミュレーション能力が、先手を取る戦法を選択する。現実の結果を待つ必要がないし、また先手の方が成功の確率が高く、安全で、合理的で、被害を最小限にできるからだ。

彼らは、復讐《ふくしゅう》さえしない。やられたらやり返すという衝動は、人間には抑えきれない感情として、例外なく湧き上がるものだ。これまで、どれくらいの人間が、この非合理な感情で命を落としてきただろうか。

雪上車で帰る途中、ヴォッシュが呟いた言葉が、僕の耳に残っていた。

「人工知能だけであれば、なにも恐ろしくはない。危険もない。そして、人工知能は人間を利用するようになる。彼らのプロジェクトのために、人間の活動を巻き込む。この段階でも、まったく危険ではない。問題は、その巻き込まれた人間たちが、人工知能を味方につけて、自分に力があると過信することだ。そこで、必ず反社会的な方向性が生まれるだろう。人間の欲望というのは、基本的にそういった頂点へ上り詰める最終形態へ向かうものだ」

これについて、日本に帰ってからも、僕は何度か考えた。

さすがに、デボラと議論するには、テーマが不適切すぎる。かといって、一人で考えていると、堂々巡りしてしまい、発想が生まれない。どろどろとした高粘度の液体の中に投げ込まれたみたいで、藻掻《もが》くばかりで苦しくなってしまう。そう、あの黒いオイルみたいだ、と思い出した。

タナカと話をしたい、と思いついた。ところが、彼は出張中で不在だった。もしかして、王子の事件で忙しいのだろうか。あの事件も、その後の続報は聞こえてこない。行方不明の職員は見つかっていないし、捜査の進捗《しんちょく》もまったくわからない。

午後八時頃、研究室にウグイが訪ねてきた。そろそろ帰ろうと思っていたところだった。彼女も、勤務時間が終わって、立ち寄った、と話した。

「キガタの件では、ご迷惑をかけて申し訳ありません。非公式ですが、先生のご意見を伺って、対処したいと思います」彼女はソファに腰掛けてそう言った。

僕は、コーヒーを淹れていて、ウグイの後ろにいた。彼女の髪がこんなに長かったことは初めてではないか、と思った。今日がたまたま、そういう装いなのだろう。

「トランスファ対策は、もう少し効果があるものだと考えていたのでは?」僕はきいた。

「はい、そうです。これについては、デボラ、それにジュディも交えて、対策を話し合いました。今のままでは、キガタもペィシェンスも、使えない状況といえます」

「対策はあるの？」

「あります。もともと、根本的な対処ではなく、パッチを当てるような応急措置的なディフェンスだったのです。ペィシェンスは、通信に関わるユニットをそっくり入れ替える方法で解決します。キガタの場合は、ポスト・インストールされているパートをリセットすることが最善です。一部の記憶は消去されますが、彼女の同意は得られています。危険な治療ではありません。ただ、安全のため段階的に実施するので、一週間ほどかかるそうです」

「一週間くらい休ませてあげれば良い。彼女は、とてもよくやっていると思う」

「この部署では、最初のウォーカロンでしたので、このような事態は想定できませんでした。今後は、ウォーカロン・メーカにも連絡して、適合する人材を求めることになると思います」

「適合するというのは、ポスト・インストールしていない、という意味？　それって、ウォーカロンを否定するようなことになるのでは？」

「緊急対処といえます。こちらでリセット治療をするのは費用もかかりますし、合理的ではありません。最初からインストールしなければ、記憶も失われません」

「でも、違法になるのでは？　クローン生産との境界が曖昧になるから」

「もちろん、法案を通します。例外的な事項を盛り込むことになります」

「ああ、なるほど、そんな大袈裟な話になっているのか。僕としては、情報局が今後はウォーカロンを採用しない、という対処をして、それで終わりかと思っていた」

「はい、人間だったら、そう判断するところです」

「あ、そうか、ペガサスあたりが、さきを見越して演算したんだ」

「ペガサスかどうかは知りませんが、いずれはウォーカロンを採用しなければならない事態になりますし、情報局だけの問題でもないからです」

そういうことか、と納得した。コーヒーをカップに入れて、テーブルへ運び、僕もソファに座った。ウグイは珍しく微笑んだ。コーヒーに対するお礼の笑顔だろうか。

その次の話題は、王子の事件。これについては、ウグイは捜査に一部関わっているようだが、新しい情報はなにもない、とのことだった。

僕は、人工知能の勢力争いと人間社会の関係について議論がしたかった。デボラでは不適切だし、タナカは不在だったからだ。この問題について言葉で説明することはなかなか難しい、と思い悩んだ。コーヒーをすすり、しばらく黙っていると、ウグイの方から別の話題を口にした。

「キガタから聞いたのですが、モレル氏は、彼女のことをミチルだと言ったそうですね」

ウグイは、髪を手で払い、肩に乗せる仕草を見せたあと、テーブルのカップに手を伸ばした。「先生は、どう思われましたか？」

「いや、どうも……。その……、単なる間違いかと」

「モレル氏は、あのフランスの修道院のオーナで、かつては、メグツシュカと結婚していた、という記録があるそうですね。メグツシュカのアナグラムについても聞きました。これは、上には報告していません。あまりにも荒唐無稽《こうとうむけい》だったので」

「うん、荒唐無稽だ。さすがに古典専攻」

「だから、どうなのか、という結論が求められるかと」ウグイは笑っていない。

「えっと、どこへ結びつくと考えているのかな？」

「私にはわかりません」ウグイが首をふった。「でも、なんとか謎を解きたいとは思っています」

「どんな謎？」

「そうですね、今一番の謎は、蘇生した生体が盗まれた理由、そして盗み出したのは誰か」

「では、オフレコで聞いてくれるかな。君だから話す。誰にも話していない」

僕はウグイをじっと見た。

ウグイは真剣な表情だった。

「つまりね……」と話しだしたところへ、彼女の片手が近づく。

「先生、ちょっとだけ、おつき合い願えませんか?」

「え……、何? 今から?」僕はきいた。「というよりも、今、既につき合っているように思うんだけれど」

ウグイは立ち上がった。

「ちょっと、出かけましょう」

2

どこへ出かけるのだろう、こんな時刻に、と疑問に感じたのだが、ウグイは強引に部屋から僕を連れ出そうとする。通路を進み、エレベータに乗ったが、そこで彼女は下へ向かう操作をした。

ニュークリアで僕が生活しているエリアより下には、何があるのか、僕は知らない。気にもならなかった。こういった未知の領域へは踏み込まないのが、僕の奥床《おくゆか》しさである。ウグイは、エレベータに識別コードを提示したようだった。どうやら、情報局員でも一部しか入れないエリアらしい。

どこへ行くのか、と彼女に尋ねようとすると、ウグイは僕の顔の前で手を広げ、首を僅かに横に振る。この種の仕草は、カウンセラの医師との間で体験したことがある。ただ、その医師は、眉を顰め、「あなた、何わからないこと言っているの?」といった表情だったのだが、ウグイはいつものとおり表情を変えない、否、むしろ口許は微笑んでさえいるように見える。これは、まちがいなく、僕の錯覚だろう。

エレベータから降りたところで、また、識別コードを求められたようだった。さらに、ドアを入る手前に、見たこともない形のロボットがいた。円柱の上に半球をのせた形状で、どちらが前なのかもわからない完全な回転体だ。足はなく、駆動の方法は見えなかった。タイヤだろうか。僅かに方向を変え、黒いアクリルの小さな窓が、僕の正面になった。僕のことを確認している様子である。今にも質問を受けそうな気がしたが、結局、なにも問われなかった。

ドアが開いて、その中に入った。通路に照明が灯り、両側にドアが続いている。オフィスのようでもあるが、ドアには、アルファベットと数字の表示しかない。少し離れたところで、コンテナが移動していた。工場みたいな雰囲気でもある。

「えっと……、きいても良いかな」僕は呟いた。そろそろ我慢の限界だった。コーヒーだって、まだ半分も飲んでいなかったのだ。今から戻っても、きっと冷めているだろう。それだけの犠牲を払う価値がここにあるのか、と。

ウグイは、僕を一瞥《いちべつ》したが、無言である。さっさと先へ歩いていく。歩調を合わせようというつもりはないみたいだ。

通路を進むと、ドアもなく、広い空間に出た。吹き抜けになっているスペースの最上階だった。つまり、床がなく、長方形の大きな穴が、下へ幾層も続いている。手摺りから見下ろした範囲では、底の面は見えない。階段も近くにあって、下の階へ行けるようだった。普段いる場所が、地上からはるかに深い地階だし、そこからエレベータで下りてきたのだ。さらに地下が無限に続いているのを見て、目が眩みそうになる。

「何の施設?」僕はようやく質問を簡潔にまとめることができた。

「資料を保存する場所です。何の資料なのかは、私も詳しくは知りません」ウグイは答えた。「申し訳ありませんでした」

「デボラが来られない場所ってことだね?」

「はい。先生が、オフレコとおっしゃったので」

「いや、僕が言おうと思っていることは、既にデボラも知っている」

「トランスファに対しては、現在、厳重に注意をする必要があります。そのシフトの一環です。この場所は、あらゆるネットワークから遮断されています。会話も漏れません」

「何を言いかけていたのか、忘れてしまったよ」

「蘇生した生体が盗まれた理由だったかと。私だけにオフレコで話そう、とおっしゃいました」

「うん、そうだった……」僕は、そこで息を吐き、考えをまとめた。「つまりね、あの王子は、誰かに殺されたんだ。首を絞められて、窒息死だった。そして、当然、殺した人物を知っている。もし、意識が戻ったら、その記憶に重要な意味が生じることになる」

「では、彼を殺した人間が、犯行が明るみに出ることを恐れて、生体を盗んだのですか?」

「そう、これは、僕が思いついたことではない。僕の友人で、調査団のリーダだった奴が、そう言ったんだ」

「シマモトさんですか?」ウグイはきいた。彼女は、シマモトを知っている。ナクチュで会っているからだ。

「そう、だから、調査をしてみる価値があるだろうね」

「わかりました。しかし、いつのことでしょうか。百年も以前の犯罪だとしたら、今さら、そんなことが動機になるでしょうか?」

「生き続けている人が多いし、それに、王家の場合は、一般人よりも、重要な意味を持つ可能性がある。王位継承に絡んでくる。歴史が変わるかもしれない」

「そうですか。どうもよく理解できませんが、ええ、わかりました。それも調べてみます」

「ここからは、僕の推論になるけれど……」

「え、まだ続きがあるのですか?」

「単なる連想」僕は微笑んだ。「南極で、モレル氏に出会って、なにか関連があるのでは、と思いついた。彼は、二百年以上生きている。二百歳だったかで自殺したと報じられたのが、数年まえのことだ。それに、メグツシュカと結婚したドリィという王様も、彼と同一人物である可能性も出てきた。ほらね……」僕は両手を広げる。「王子を殺害したという史実が、ここへ来て、ぐっとクローズアップされてくるだろう?」

「そうですか?」

「あれ、こない?」

「王位継承を争って、モレル氏が、あの王子を絞殺した。そして、その後自分が王となったのですか?」

「いや、そうではない。モレル氏が、王子の父親かもしれない」

「たしかに、殺人が暴露されると、大きなスキャンダルになります。でも、モレル氏はもう王ではありません。そんな時代ではない。お城はとっくに人手に渡って、修道院になっていますし、それも国に寄贈されました。彼が、現在どれくらいの資産を持っているのかわかりませんが、その程度のスキャンダルで、立場が危うくなるものでしょうか? それ以前に、誰も、モレル氏は生きていると思っていなかったわけですし、かつての王だとも認識されていないのでは?」

「うん、まあ、そう言われると、私も返す言葉がない」僕は溜息をつく。「それから、その動機だと、もう王子は生きていない。抹殺されたはずだ」

「何故、あの冷凍カプセルに入っているうちに、処理をしなかったのですか？」

「生き返るとは考えていなかったんだ。それに、自分の息子だからね。遺体を処分することはできなかった。そういう古い価値観の人物だった、ということ」

「でも、現代まで生きているわけですから、価値観は変わりませんか？」

「変わるかもしれないし、変わらないかもしれない」僕は答えた。「僕は、けっこう、ころっと考えが変わる人間だけれど、人によっては頑固な場合もある」

「そうですね……」ウグイは腕組みをしていたが、小さく頷いた。

「あとね、そうそう、それに加えて、彼は、キガタのことをミチルと言った」

「え？　わかりません、何がどうつながるのですか？」

「ようするに、その謎の中心にあるのは、マガタ・シキ博士だ。それはまちがいない。キガタの名前だって、マガタ博士の五文字のうちの三文字だ」

「え？　それ、なにか意味がありますか？　その程度のことが」ウグイが首を傾げる。不満そうな顔に見えるが、これも僕の錯覚だろう。

「うん、まあ、そのとおりだ。今の発言には根拠がない。ちょっと言ってみただけ。でも、メグツシュカについては関連があると、デボラも認めていた。単に確率の問題だけれどね」

「マガタ・シキ博士の娘の名がミチルだったことは、古い資料で確認ができました。一説によると、マガタ博士は、娘のミチルを殺し、しかも死体を解体して、一部を持って逃走しました。のちに、その細胞から、ミチルのクローンを作ったのではないか、との証言があります」

「へえ……、では、やはり、ミチルは存在するんだ。今も、どこかにいるかもしれない」

「ええ、非科学的ではありません。マガタ博士には、それだけの技術と資産があったと思います。しかも、その細胞が、ウォーカロン・メーカに引き継がれ、そこで生産されたキガタに、その遺伝子が受け継がれたことも、可能性として充分にありますから、モレル氏がどこかで出会ったミチルに、キガタが似ていても不思議ではありません。ただ、そのことに意味はない。そうですよね？」

「うん。意味も価値もない。だから、キガタには気にすることはない、と話した」

「今、オリジナルのミチルさんが生きていたとしても、そもそもクローンですし、マガタ博士の後継者というわけでもありません」

「仮に後継者だったとしても、だから何だ、という話になる」

「そのとおりです」ウグイは頷いた。「先生と認識が大きくずれていることがなく、安心できました。では、もう少し大まかな疑問なのですが、何故、マガタ博士の動向を、それほど気になさるのでしょうか？　これは、ヴォッシュ博士にもいえると思います。私から見て、そこが違和感を抱くポイントです」

「それはね、君が若いからだ」僕は答えた。「それに、科学者でもない。長く、この世界に浸ってきた私たちには、マガタ博士は特別な存在なんだ」

「情報局や、政府関係者にも、マガタ博士を気にする方々がいます。彼女は何を企んでいるのかと、会議などで、いつの間にかその話題になっていることが多々あります」

「へえ……、君、会議なんかに出るの？」

「あ、はい。出なければならないようになりました」

「そう、可哀相に……」

「先生方のお気持ちが、少しわかるようになりました」

「そうなんだ……、ホント、そのとおり」僕は溜息をつく。「それで、この殺風景な場所へ来て話すことは、それで全部？」

「お急ぎですか？」

「いや、そんなことはない。全然ない。君と一緒にいると……」

僕はそこで黙ってしまった。ウグイも僕をじっと見たまま、人形のように動かない。

「えっと、あの……、つまり、眠くなったりしないかな、と……」僕は言葉を選んだ。

「そうでしょうね、私がいると、緊張なさっているようです」

「まあ、そう……、そうかも……」

「つぎつぎと危険が降りかかりましたから」

「うん、そうだった、かな」

「実は、もう一つ、お見せしたいものがあります」ウグイは、手で方向を示した。「こちらへ……」

階段を下りて、ドアのない入口から、ある部屋に入った。天井まで届く棚が、何列も並んでいる場所だった。入口の付近に、年代物のモニタがあった。

ウグイは、モニタの前に立ち、腕に填めているパスを示した。システムが起動し、彼女はモニタの前で指を動かして操作をする。リストが表れ、その一番上になったものに彼女の指が触れた。

画面には、若い人物の写真が表示された。いろいろな角度で四枚あった。顔がアップになっているものは一枚で、それ以外は全身を捉えている。画像がやや粗《あら》いのは、古いものか、あるいは動画からのピックアップか、いずれかだろう。見ただけでは、性別はわからない。女性のようでもあり、男性にも見える。髪は黒く、ストレート、肩まで届くほどの長さだ。目の色まではわからない。

「これが、ミチルです」ウグイが言った。「サエバ・ミチル。現在、記録に残っている範囲で、人類初のクローンです。マガタ・シキ博士の娘である可能性が高いと言われています」

「じゃあ、女性なんだ」

「いえ、それが、登録上は男性です。男性として、国民登録されていました」

「どういうことかな？」

「マガタ博士の子供が娘であったか息子であったか、あるいは両方いるのか、そこは不明です。資料にある限りは女性なのですが、データが残っているわけではありません」

「それで、この写真はいつのもの？」

「写真自体はいつなのか記録がありませんが、彼の周辺で事件が起こり、一部の報道で使用された写真だったようです。今から、およそ百十年まえになります」

「だったら、今でも生きている可能性があるね。ヴォッシュ博士くらいの年齢じゃないかな」

「いいえ、その事件で、彼は殺されました。死亡が確認されています。その記録を調べました。このデータは、類似のものがほかにもあります」

「そうなんだ」僕は、ウグイが示すモニタを見つめていた。写真は幾つかあり、顔の部分を彼女が拡大してくれた。「キガタには、全然似ていない。やっぱり、モレル氏の勘違いだったってことかな」

「私もそう思いました」ウグイは、僕を見上げた。「でも、この事件には、もう一人被害者がいて、その人物は女性で、クジ・アキラという名です。彼女も、事件で殺されました。犯人は捕まっていません」

「クジという名前は、聞いたことがあるね。えっと、生物学者だったかな」

「そうです。クジ・マサヤマ。ノーベル賞を受賞しています。その方の孫になるそうです。クジ博士は、この事件の九年後に亡くなっています」

「ふうん……、それで、どう結びつく？　混迷を深めただけのように思えるけれど」

「私も、同じく、まったくわかりません。ただ、この写真を見て下さい。これが、クジ・アキラです」

モニタには、女性の顔が表れた。髪はショートだが、明らかに女性だとわかる。そして、まぎれもなく、それはキガタ・サリノの顔だった。

3

濃いコーヒーが飲みたくなったが、この資料エリアでは、飲食は禁止されているそうだ。部屋に戻って飲み直すか、と考えたが、ウグイは、話はここで、と言った。しかたなく、吹抜けの場所まで戻り、コンクリートの柱の間に置かれたシンプルなデザインのベンチに腰を下ろした。ウグイは、手摺りに片腕を預け、寄りかかるでもなく、立っている。

僕はしばらく黙っていた。ウグイは、ここの施設のことは、誰にも話さないようにお願いします、と言った。それは、デボラに話すな、という意味だろう。日本で最も重要なデータベースの一つで、国会図書館のマイクロフィルムも、二十世紀と二十一世紀分がここに収められているという。核戦争になっても、ここは破壊されない。あらゆる災害に耐えられる構造だという。情報局員でも、ここを知っている者は半数以下だという。ウグイは、昇格したことで、初めてここへアクセスを許され、初めてその存在を知った、と話した。この場所は、機密保持のため、正式の名称はつけられていないが、局内では、アーカイヴと呼ばれているという。

「わからない。なにかリンクがありそうだということは、わかるんだけれど」僕は呟いた。「これは、デボラに伝えて、アミラの協力を得た方が良い。私たちだけで解ける問題ではないように思う」

「そうでしょうか。私は、マガタ博士に会って、直接きけば解決するのではないかと思います」

「マガタ博士は、アミラのバックにいる。同じことだよ」

「その根拠は？」

「ない」

僕の返答を聞いて、ウグイは小さく溜息をついた。たしかに、彼女が言うとおり、マガタ博士に関しては、根拠のない印象に思考が強く依存している。それは、認めなければならないだろう。しかし、どうしても間違っているとは思えない。

十分ほど、方々へ考えを巡らせたものの、なにも思いつかない。データは、どれも弱いリンクで結びついている。どれかを動かせば、そのリンクが切れてしまうほど、全体のストラクチャは脆弱《ぜいじゃく》だ。その全体は、何を示しているのか。

とにかく、すべてが昔の話だ。

しかし、現在も、その昔が続いている。

誰が死んで、誰が生き残っているのか。それも曖昧なまま。

「上に戻りましょう」ウグイが言った。

「え、急ぐ理由は？」僕は反射的にきいてしまった。

「ここは通信ができません。理由もなく長時間オフラインになることは、私たちには許されていません」

「理由はあるよ。考えている」

「先生は、せっかちな方だと思っていましたが」

「場合による」僕は答えた。「えっと……、まだ調べる部分があるように思えるなぁ。えっとね、そう、サエバ・ミチルという人について、検索した？」

「ですから、その事件で亡くなっているのです」

「その後の動向は調べなかった？」

「同名の人は大勢いるはずですが」

「だから、調べなかった?」

「はい、調べませんでした」ウグイは頷いた。

「ちょっと、では、私に、あれを触らせてもらえないかな」僕は、さきほどの部屋の中を指差した。

「できません。先生にはその権限がありません。ここに同伴で入る場合も、理由をあとで報告する義務があります」

「じゃあ、君が操作をして」

再び部屋に戻り、モニタの前にウグイが立った。同じ手順で、再びログインしたようだ。

「サエバ・ミチルを検索して」僕は言った。「あとは、ナクチュ、ウォーカロン、うーん、それから、メグツシュカ、えっと、モレル氏の名前で、王だったときの……」

「ドリィだったと思います」

「キーワードを全部入れてみて」

ウグイは、その操作をした。空中で両手の指を動かし、入力したようだ。モニタには、次々にリストが浮かび上がる。

「これが、有力ですね」ウグイはそれを指でタッチする。

新しいウィンドウが開く。その文章を読む。その動作が、数回繰り返された。五回めだったか、見慣れた風景の写真が表示された。ベルベットが設置されていたあの修道院の写真だった。

「サエバ・ミチルが、この島を訪れたことがあります。当時は、ここは、イル・サン・ジャックと呼ばれていたようです」ウグイが、文章を読みながら言った。「このサエバ・ミチルは、別人ですね。ジャーナリストのようです。取材で訪れただけでしょう」

「でも、ウォーカロンにもヒットしている」

「当時、既にウォーカロンは実用化しています。ただ、まだメカニカルなもので、ほとんどロボットですが」

「それだけのキーワードにヒットするのは、偶然とはいえないのでは?」

「それは、なんともいえません。本人の写真はありません」

「その関連で、なにかない?」

ウグイは、しばらく指を動かした。表示されたリストを、上から順番に見ていく。

「あ、これは……」ウグイは呟いた。

「どうした?」

「イル・サン・ジャックの取材記事があります。書いたのは、クジ・アキラです」

それを表示させる。僕はそれを読んだ。あの修道院の写真とともに、王家の人々に対するインタビューだった。主に答えているのは、王子のシャルル・ドリィという人物で、一枚だけその写真があった。話の中に、メグツシュカの名が出る。主に、その島でどのような営みがあるのか、というテーマのようだった。当時も、修道院として機能しているような文面もある。王のことは書かれていない。それがモランだとすると、このシャルル王子は、モランとメグツシュカの子だ。ナクチュの王子とは、どんな関係になるのか……。

その記事は、クジ・アキラが殺されるまえのものだ、と発表の日時でも確認できた。したがって、同じ場所へ、サエバ・ミチルが訪れたことになる。同名異人の偶然だろうか。

イル・サン・ジャックを訪れたサエバ・ミチルについて、その後のデータを追跡した。

「亡くなっています」ウグイが言った。僕は、別のウィンドウを見ていたので、彼女が見ている記事へ視線を移した。

日本のキョートで起こった事件に関する記事だった。被害者は、ジャーナリストのサエバ・ミチル、記事を読むと、頭部がない死体として発見されている。この記事に、クジ・マサヤマ博士の談話があった。死体は、DNA鑑定の結果、クジ・アキラのものと判明したが、クジ・アキラは既に死んでいる。クジ博士は、サエバ・ミチルの頭部を、クジ・アキラに移植したと証言し、その記録を提出した。したがって、死者がサエバ・ミチルと記録された。この事件は、大きなニュースとなり、その後の裁判で、クジ・マサヤマも有罪となった。

「頭部を移植することが、禁止されていたんだ」僕は呟いた。

「今も、日本では禁止されています」

「この事件では、頭部は発見されていない、とある。ということは、サエバ・ミチルの生死は、未確定だね。もちろん、この当時は、頭だけで生きているとは考えなかっただろうけれど」

「犯人も、不明だったようです」ウグイが言った。

「あ、ウォーカロンが行方不明で、クジ博士が、その捜索を警察に依頼した、とあるね」

僕は記事を最後まで読んだ。「どうして、ウォーカロンを探すのかな。これについての続報は？」

ウグイは、しばらく調べていたが、結果はなかなか見つからないようだった。検索方法をいろいろ変えてチャレンジしている。

「これが、そうでしょうか」ウグイが言った。

記事の一部のようだった。エジプトでウォーカロンが見つかり、クジ・マサヤマが、出国願いを出したが、執行猶予中のため、認められなかった、との内容だった。日時から考えて、クジ博士は、その直後に死去している。結局、懲役にはならなかったということだ。

「エジプトか……。ウォーカロンが、エジプトへ運ばれたということかな」僕は呟く。つい最近、エジプトへ行ったばかりなので、なにか関係がありそうな予感がした。デボラに話したくなってしまうが、今はできないのだ、と思い直した。

ウグイは、システムからログオフした。二人で、また吹抜けのスペースに戻った。地獄が覗き込めるような空間は、静まり返っている。こんな時刻なので、利用する人間も少ないのだろう。

「先生のほかに話せる人がいませんでした。すべてについて、確定ができません。ただ、関連がありそうだ、というだけです」

キガタに似た顔を見つけたことが言いたいようだ。それは、クジ・アキラというジャーナリストの女性。科学者の孫だという。しかも、殺人事件の被害者。

彼女は、あの修道院を訪れた。そこで、ジャン・ルー・モレルは彼女に会ったのではないか。だから、南極で彼は、キガタをミチルだと言った。

「いや、おかしいな」僕は呟いた。

「何がですか?」ウグイが首を傾げる。

「辻褄《つじつま》は合っているのかな、と思ったけれど……。合わない部分もある。イル・サン・ジャックの修道院を訪れたのは、一回めは、クジ・アキラだった。のちに、サエバ・ミチルも訪れているが、そのときは、躰はクジ・アキラで、首から上はサエバ・ミチルだった。だから、二人が同じ人物だとは、おそらく気づかれなかっただろう」

「あ、そういえば、そうですね。モレル氏はキガタに、私のところへ訪ねてきただろう、と言ったそうですね」

「そう……。百年以上もまえのことを覚えていたんだ。よほど印象が強かったのだろう。しかし、一回めと二回めでは、顔が変わっていた。同じ人物だとは扱われないはずだ。名前も違う」

「モレル氏は、ミチルという名を覚えていたわけですから、会ったのは二回めの訪問ということになりますね。でも、それだと……」

「そう。キガタと似ているのは、クジ・アキラの顔だ。その顔を一回めの訪問で記憶した。それを、二回めのサエバ・ミチルの名前と混同したのだろうか？　頭部が移植されたことを彼が知っていたのだろうか？　それだったら、たしかに、首から下はクジ・アキラだから、同じ人物だともいえる。でも、そんな状況だったら、アキラという名前で記憶するはずだ。サエバ・ミチルは男性なんだからね。キガタを見て、ミチルと言うのは、不自然だと思う」

「なにか、まだ、私たちの知らないことがありそうです」

「クジ・マサヤマ博士の業績を調べてみよう。あと、うーん、警察に捜索願いを出したウォーカロン。これは、警察に記録が残っているのではないかな」

「調べてみます」

「僕は、デボラに相談するのが早いと思う」

「もうしばらく待って下さい」ウグイは言った。「情報局の方針が、数日でまとまると思います」

「わかった」

4

自室に戻り、シャワーを浴びた。ベッドに横たわると、デボラが話しかけてきた。

「ウグイさんと、どちらへ行かれたのですか?」デボラはきいた。いつもの口調なのに、どこか響きが違うように感じてしまった。僕の方の変化かもしれない。

「内緒」僕は答える。「嘘だよ。資料室へ行ってきた。昔の資料を検索するためだ」

「私は立ち入れないエリアです」

「そうみたいだね。それよりも、モレル氏は、その後どうなった?」

「パリのホテルにいます。多くの取材を受けているようです。これといって、目立った言動はありません」

「彼が、ナクチュの王子を盗み出した可能性を演算した?」

「しました。優位とは思えません。動機が不明のためです」

「動機は、百年まえの因果だから」

「ただ今、アミラを通じて連絡が来ました。エジプトのピラミッドから、イマンが消えたそうです」

「消えたって、どういう意味？」

「何者かが、イマンを持ち去ったということかと」

「もう少し詳しい情報を希望」

「一報では、それだけです。イマンにどの程度の価値があるのかを演算しています」

「まあ、ポンコツではない。比較的新しい。それなりの値段だと思う。あれを運び出すには、一人では無理だね」

「本体の重量は、およそ四十キロほどです」

「持てないこともないか。でも、一人では難しい。あそこは、周りにエジプト軍がいっぱいいる」

「内部に手引きをした者がいる可能性が高いかと」

「続報を待とう。明日になれば、情報局が正しいデータを入手するだろう」

「そうなると思われます」デボラはそこで、言葉を切った。「博士、別の話をしてもよろしいでしょうか？」

「何？」

「キガタが、ミチルと呼ばれたことに関して、アミラが古い情報を見つけました。百年ほどまえに、キョートで起こった殺人事件の被害者がミチルという名でしたが、そのとき、壁に残された血文字が、血か、死か、無か、だったそうです」

僕はそれを聞いて、黙っていた。けれども、鼓動が少し速くなったことはまちがいない。

キョートの殺人事件、ミチル？

ついさっき、ウグイと話したばかり。まさか、デボラが盗み聞きしていたのか、と疑った。しかし、その可能性はない。アミラは、別のルートでそこへ行き着いたのだ。世界中の情報を短時間で処理できる能力があれば、それくらい見つけ出してもおかしくない。

「その言葉には、どんな意味があると思う？」僕は尋ねた。

「意味はなく、単なる合い言葉、あるいは呪文《じゅもん》のようなものではないでしょうか」

「でも、ピラミッドのイマンにも記されていたね。キョートでのそれは、日本語だった？」

「はい、そうだと推定されます。直接の記載はありませんが、もし日本語でなければ、その記述があるはずです」

「では、日本語がルーツで、それがエジプトへ渡ったのかな？」

「あるいは、もっと古くからあるエジプトの言葉が、当時日本に持ち込まれたか」デボラは言ったが、一呼吸置いてから続けた。「しかし、そのようなデータは見つかりません。これは、アミラの観測です」

「アミラの観測なら、信頼性は高いね」僕は言った。その事件のあと、エジプトにウォーカロンが渡ったとの記録もあった。アミラは、それを既に見つけているだろう。情報局のアーカイヴには入れなくても、同じ情報は社会のどこかに残っているのだ。

ここで、僕は眠ってしまった。

頭の中を沢山のイメージが駆け巡っていたけれど、それらの渦の中へ自分も沈み込んでいくみたいに眠った。

その大きな渦は、黒いオイルのように高粘性だった。ああ、このイメージだったのか、と一瞬思ったが、それが確かだとも、正しいとも、判断はできない。今、自分は何の判断をしようとしていたのか、今のイメージには、どんな意味があったのか、もうわからなくなっていた。

頭の中の発想というのは、逆戻しができない。これは、理屈がない、時間がない、前後関係、因果関係がないからだ。元を辿れないというよりも、元がない。つながらない、ばらばらの離散イメージだから、一瞬だけリンクらしいものを予感しても、実は、なんの関係もない。

目が覚めるのは、だいたいいつも同じ時刻で、これは不思議な現象だと感じている。自分の躰の中に、そういったメカニズムが存在することが、不思議なのだ。

「ジャン・ルー・モレル氏が、ホテルを出て、エジプト行きの航空機に乗りました。まもなく、到着します。これは、アミラの追跡です」デボラが事務的に報告する。

「へえ、エジプトか……」僕は欠伸をしながら呟いた。

「空港でチェックインした時点でお知らせできましたが、博士がお休みだったので、報告しませんでした」

「それで良いと思う。僕に知らせても、なにか手を打てるわけではないし。フランス政府は把握しているかな？　マスコミは？」

「おそらく把握していないと思われます。そういった動きがないそうです」

「どこへ行くのか、追跡するつもりなんだね？」

「アミラがそのプロジェクトを実行しています」

フランスからエジプトは意外に近いのだな、と僕は思った。着替えをし、朝食は省略して、研究室へ出向いたのが、一時間後くらいだった。

通路にキガタが立っている。僕の部屋のドアの前だ。

「おはようございます」彼女は頭を下げた。

「おはよう」と言いながら、また欠伸が出る。

ドアを開けて中に入った。キガタも入室し、ドアの付近に留まった。

「何?」デスクで振り返り、僕は尋ねた。エジプトの話かな、と予想しながら。

「しばらく、お休みしなければならなくなりました。治療を受けるためです」

「ああ、そうか……。うん、ウグイから聞いている」

「申し訳ありません」キガタはまたお辞儀をする。顔を上げたときには、眉を寄せ、今まで見たことのない表情だった。「先生の護衛任務から離れなければなりません。着任したばかりで、本当に、情けないことだと思います」

「いや、君のせいではない」

キガタの目から涙がこぼれ、白い頬を伝っていくのが見えた。泣くようなことではない、と言いかけたが、なにかもう少し強い感情に出会った気がして、言葉が出なかった。

「すぐに、戻ってきます。申し訳ありません」キガタはまたお辞儀をした。

僕が頷くと、彼女は口を結び、部屋から出ていった。

情けない、とキガタは言った。それは、自分がウォーカロンだから、という意味かもしれない。人間ではないことが、情けないのか、と考えた。そうかもしれない。だとしたら、そんなふうに考えさせる社会の仕組みに問題があるだろう。彼女の涙は、自分の境遇に対する憤りかもしれない。それは、あるいは正しく、そして純粋な感情だ。

ドアがノックされる。キガタが戻ってきたと思い、返事をした。入ってきたのは、ウグイだった。

「おはようございます。エジプトへ行くことになりました」彼女は無表情で、いきなり本題を語った。

「モレル氏が、エジプトへ行ったから？」

「そうです。アミラが追跡しているようです。動向が気になります。ドイツとも連携していますが、こちらは遠いので、早めに出ます」

「君が行くの？」僕は尋ねた。

「はい。私と先生です」

「え、僕も？」

「もし、よろしければ……」

5

意味深なことを言ったな、とジェット機の中で僕は振り返っていた。もしよろしければ、という彼女の物言いである。僕が希望すれば、あるいは、行かないのですか？　みたいな問いかけに思えた。僕は返事をせず、つまり、一緒に行くことになったのである。

しかも、二人だけだ。アネバネもモロビシも、ほかの任務があったらしい。ウグイが出てきた理由は、キガタが治療で休むこと、それに加えて、例の王子の事件に絡んでいるからだろう、と僕は想像した。そういうことを、ウグイはまったく説明してくれない。

インドの付近で一度着陸して給油した。その後、ピラミッドの近くの基地に降り立った。このまえと同じ場所だ。僕は、半分くらい眠っていた。ずっと昼間なのに、寝られるなんて、都合の良い躰になったものである。

そこから、軍の車両に乗って走った。まえに乗った六輪車ほど大きくない。普通に四輪である。このときも、ウグイとは会話もなく、また、同乗した兵士と思われる人物とも挨拶を交わしただけだった。先日とは違う人間だったが、ファッションはまったく同じだ。

乗り心地は最低だった。道が悪い。周囲の風景は、ほとんどが砂漠。ときどき建物があっても、人が生活しているとは思えない。このまえのネガティヴ・ピラミッドへ行く道とは違っていた。イマンが運び出された跡を見るのか、と思っていたが、そうではないらしい。見てもしかたがない、ということだろうか。

だいぶ走った頃、ピラミッドから運び出されたイマンの行方は、ほぼ特定されている、という説明が兵士の一人からあった。盗賊は、夜のうちに侵入し、あのコンピュータだけを持ち去った。彼らは五人組で、そのうち二人が武器を持っていた。おそらく、武装集団の生き残りだろう、と推測されている。ドローンが彼らを追跡したので、敵のアジトが突き止められた。政府軍は、既にその地域を包囲している、と兵士は話した。

「そこへ行くの？」という僕の質問に対して、ウグイは無言で頷いた。

そんな危険な場所へ行くのか、と言いたかったが、彼女は、危険だとは判断していないのだろう。この点において、二人の判断基準が大きくずれていることは、これまでの経験で明らかとなっている。僕は、それ以上尋ねなかった。ほかに三人の兵士が、僕たちを見ているので、あまり余計な話をしない方が良いだろう、と思った。

デボラがときどき、現状を報告してくれる。これが拠《よ》り所《どころ》といえる。僕は黙っているから、会話はできないものの、ついデボラの話に対して小さく頷いてしまうので、周囲から変な人格だと思われているかもしれなかった。

一時間半ほど乗っていただろうか。岩山が近づいてきた。断崖絶壁《だんがいぜっぺき》のように立ちはだかっていて、そのむこうへは車では行けそうもない。既に、道路と呼べる筋からも離れていた。どこを走っても良い感じの場所だ。

しかし、さらに走ると、緩やかな坂道らしきものが出現し、車はそこを上り始める。ここでは、かなり揺れた。安全ベルトを締めているので、どこかに摑《つか》まる必要はないのだが、自《おの》ずと躰に力が入る。

やがて、台地の上のような場所に出た。沢山の車両が集まっていた。どれも、軍用のものだ。しかし、人の姿は少ない。停車すると同時に、ドアが開いた。

兵隊たちは、機敏に外へ飛び出していく。安全ベルトは自動的に外れ、ウグイも立ち上がった。僕は、なかなか立てない。シェイクされたあとで、頭がふわふわしていた。こういうときに、歳《とし》の差が出るのだ。

どうにか車から降りると、地面に溝が掘られているのがわかった。塹壕《ざんごう》である。そこに大勢の人たちがいる。兵士ばかりのようだ。こちらを仰ぎ見る。友好的な表情の者は一人もいない。声を上げる者も、音を立てる者もいない。

その溝の一つに階段で下りていき、さらに奥へ進んだ。

途中から岩の中に掘られたトンネルになった。しかし、すぐ先に光が見える。テーブルが真ん中にあるスペースに出た。壁には、細長い窓があいていて、そこから光が漏れているのだが、手が届かない高さなので、外は見えない。しかし、モニタがあった。

岩山がいろいろな角度から映し出されていて、その映像がときどき切り替わる。アップになると、洞窟《どうくつ》のような穴があって、その近くに三台の車両が駐車されている。僕がそれを見ていると、軍人らしき人物が、窓の方を指差した。その映像が外の様子だ、という意味だろうか。

指揮官だという人物がトンネルから現れ、僕たちに座るように言った。プラスティックの椅子で、キャンプで使うものではないかと思った。その指揮官が話を始めた。

「大勢がいるとは思えない。戦力は不明だが、ドローンで調べている。まもなく、降伏勧告のメッセージを送り、返事がなければ、攻撃をする。一時間以内に決着するので、明るいうちに結果が出る」と僕のメガネが翻訳した。

そこへ、若い兵士が入ってきた。彼が、指揮官に報告する。

「一台の車両が、あそこへ接近している」報告した兵士は、それだけ言って戻っていった。

「その車両に、ジャン・ルー・モレル氏が乗っています」デボラが囁いた。この声は、ウグイにも聞こえたようで、彼女は僕の方を見た。しかし、彼女は立ち上がって、指揮官に英語で、それを伝えた。

「それは、把握していない。確認する」指揮官は答える。「ただし、警告してからの攻撃であるので、そのフランス人には、選択の時間が与えられる」

モニタの映像に、モレルが乗っているという大型の車両が現れる。アップになり、車内の人物の顔も確認された。たしかに、鬚を生やしたあの老人だった。後部座席に乗っている。ほかに、一名か二名が同乗しているようだった。

「何をしに来たんだろう?」僕は呟いた。ウグイに話しかけたように見えただろうが、デボラにきいたのだ。

「状況証拠しかありませんが、ナクチュの王子の生体を盗み出したグループが、この隠れ家に潜んでいます。モレル氏は、彼らに会うために来たものと推定されます」

王子の事件の犯人が、もう突き止められているのか、と僕は驚いた。しかしデボラは、王子の生体がここにあるとは言わなかった。その点については、確証が得られていないからだろう。

　数々の推論が、整合性を保《たも》って結びつく感覚があった。

　モレルは、過去に王子殺害に関わった。モレル自身が殺したのかもしれない。そのため、王子が意識を取り戻すまえに、自分の過去の犯罪が暴かれるまえに、王子を盗み出したのだ。

　だが、疑問がある。

　モレルは、世間では死んだものと認識されていた人物だ。王子が蘇生し、過去の犯罪について証言しても、モレルには直接の害は及ばないのではないか。第一に、個人の証言がどこまで信頼されるのか、という問題がある。第二に、百年以上まえの出来事なのだ。しかも、仮にモレルが加害者だとしても、当人は自殺したことになっている。わざわざ、大袈裟なことをしなくても良いと考えられる。

　そうなると、モレルが生きていることを知っている人物がいて、しかも、百年前の悪事を今も許せない勢力がある、ということだろうか。僕が、そのパワーを感じるのは、ナクチュの王族である。カンマパなのか、あるいは、メグツシュカなのか。

　モレルの大型車は、洞窟の入口に到達した。車内から出たのは三人だった。辺りを見回したあと、洞窟の中へ入っていった。

　トンネルを慌ただしく歩く音が聞こえ、部屋に数人が入ってくる。一人は顔に布袋を被っていたが、一緒に来た兵士がそれを取り去った。それは知った顔で、あの監獄で面会したガミラだった。後ろで手錠をかけられ、首にリングが付けられていた。何のリングかはわからないが、ファッション的なものでないことは明らかだった。

指揮官が、彼女に話しかける。どうやら、降伏勧告に従うように、内部の人間に伝えろ、という内容だった。ガミラは、僕たちの方を見ない。指揮官を睨んでいる。首を縦にはふらなかった。

「イマンが活動しています」デボラが囁いた。「既に、こちらの動向を把握し、ガミラがここにいることも知っています。イマンは、味方に勝ち目がないことを、人間たちに伝えるつもりです」

僕は黙っていた。もちろん、ウグイにも聞こえただろう。

「本当に?」ガミラが突然声を出した。

兵士たちは、彼女に注目した。ここへ来て初めての発声だったからだ。ガミラは、それに気づき、咳払《せきばら》いをしたあと、黙った。

「ガミラに、イマンが話しかけたのです」デボラが言った。「アジトには、十数人がいるようです。武器は充分ではありません。旧式の銃と少々の爆薬がありますが、こちらへ攻撃を仕掛けるようなミサイルなどはありません。このままでは、仲間は自決する可能性が高い、とイマンは伝えました」

どうなるのだろう。死者が出るのは好ましくない。降伏してくれれば良いのだが、と僕は思った。

「フランス人は、ここへ武器を持ってくる予定だったが、街で武器を買うことができなかった」指揮官が言った。

モレルのことだろう。やはり、政府軍も把握していたのだ。

「奴らは武器を待っていたが、それは来なかった。代わりに、現金を渡されただろう。この場ではもう役に立たない。今から注文しても、配達が来るよりも、我々の攻撃がさきになる」

指揮官は、モニタを見ていたが、やがて、勧告を送るように、と指示した。ほぼ同時に、別の兵士が、戦闘配備につくようにと外に向かって叫んだ。

ドローンが飛んでいき、洞穴の入口付近に近づいた。

どうやら、そこから音声で語りかけるつもりなのだろう。

そんな必要があるのか、と僕は思った。なにしろ、イマンは、ここにいるガミラに話しかけているし、デボラもそれを把握している。だが、洞窟の中の兵士たちが、イマンを信じるかどうかはわからない。

「内部の映像をイマンが送ってきました」デボラが報告した。「棺のような箱を外に運び出そうとしています。モレル氏はそれを買いにきたようです。取引が成立しました」

「王子の生体でしょうか」ウグイが僕に囁いた。日本語だ。ほかにわかるものはいないだろう。兵士も指揮官も、メガネを装備していない。

おそらくウグイの言ったとおりだろう。手土産に武器も持ってくるつもりだったが、それはかなわなかったので、現金を渡した。

若い兵士が飛び込んできた。通信機を持っている。

指揮官が、それを手に取り、誰かと話を始めた。指揮官は、返事をするだけで、しかも、すべてがイエスだった。話はすぐに終わる。

「フランス人が、あそこを出ていく。攻撃はそのあとに」指揮官はそう言って、溜息をついた。

「エジプト政府からの指示があったようです」デボラが囁く。「アミラが解析中ですが、モレル氏が、そのように要請した可能性が優位です」

ウグイが立ち上がり、指揮官の前に立った。

「私たちは、あのフランス人に興味があります。会いにいきたいのですが」ウグイが申し出た。「日本政府は、エジプト政府と友好関係にあります。しかし、反政府勢力とも敵対していません。会って、情報交換するだけです」

「では、あそこを立ち去ったあとにしてもらいたい。五百メートル以上離れた場所であれば、攻撃は及ばない」指揮官が答えた。

6

ウグイは、指揮官に申し出て、バギィを一台借りた。乗ってきた車両よりもずっと小型で、しかもオープンだった。シートは二人分しかない。ウグイが運転席に座った。僕は、反対側から乗り込んだ。安全ベルトを探したが、どこにもない。

ウグイは、スイッチを入れた。足元にペダルがあるようだ。それを踏み込み、後ろを振り返った。バギィはバックし、方向を変えて、今度は前進した。

「デボラ、道を教えて」ウグイは言った。

岩の間を通り、下っていくと、砂地に出た。ウグイは、左へステアリングを切った。砂煙が上がり、バギィは揺れながら横滑《よこすべ》りする。左右にも前後にも揺れる。摑まる場所がないかと探したが、サイドには窓もないのだ。

「モレル氏が、棺を大型車に載せて出発しました。モレル氏一人しか乗っていません」デボラが報告した。「いずれ、この道路へ、モレル氏も出てくるものと予想されます」

道路には、ほかに走っている車両は見えなかった。デボラの指示で路肩に寄せて停車した。しばらくすると、後方から大型のトラックが近づき、通り過ぎる。もう日没の時刻である。太陽は後ろの岩山に隠れたが、まだ、空は明るい。

「まもなく、モレル氏の車両が来ます。政府軍は、洞窟内のグループと対話を始めました。戦闘は回避される見込みです。イマンの指示に従った結果です」

それは良かった、と僕は思った。今にも、銃声が聞こえてくるのでは、と心配していたのだ。

左から砂煙が近づいてくる。ウグイは、ゆっくりとクルマをスタートさせた。モレルの大型車だ。僕たちのバギィの倍はあった。それが、道路に乗り上げてくる。前方約三百メートルほどのところだった。

ウグイはペダルを踏み込み、モータ音がサイレンのように唸《うな》った。クルマは加速し、道路を突き進んでいく。

みるみる前方の大型車に近づいた。ぶつかるのではないかと思ったとき、ウグイはクルマを反対車線に出す。対向車はいない。

大型車の横に出た。

ウグイは、いつの間にか大きな銃を片手に持っている。

片手はステアリングを握ったまま、隣のクルマに向けて銃を撃った。

前部座席のガラスが飛び散る。むこう側も割れたようだ。

ウグイは、バギィを加速し、大型車の前に出る。

モレルの車両は、減速したようだ。自動運転だったのだろう。運転席に誰も乗っていなかったからだ。
「摑まって下さい！」
ウグイは、ブレーキを踏み込み、ステアリングを切った。
バギィが横を向き、スリップする。
遠心力を受け、僕はウグイの方へ躰を寄せる。
彼女が押し返すように、僕を支えた。
バギィは反対向きになり、目の前に大型車が迫る。
ウグイは運転席で立ち上がり、両手で銃を構えた。今にも引き金をひきそうだ。
大型車は急停止し、同時に横のドアが開いた。
「先生、頭を下げて下さい」ウグイが姿勢を保ったまま囁いた。
僕は、シートにもたれたまま、腰を前にスライドさせ、潜り込む。
しかし、ぎりぎり前が見える。
大型車のドアの後ろ。人が出てきた。顔がよく見えない。
「後ろを向いて！」ウグイが英語で言った。
その人物は、後ろを向いた。
両手を挙げたが、振り上げるような仕草だった。
ウグイが、突然僕の腕を摑み、強引に引っ張り上げる。

なんとか立ち上がった。しかし、ウグイは、僕の腕を摑んだまま、クルマから飛び降りようとする。ついていくしかない。

ジャンプ。

道路の路肩に落ちた。

その先はバンクになっていて、そこを転がり落ちる。

何があった？

鈍い炸裂音《さくれつ》。

回転しながら、ウグイは銃を撃ったようだ。

僕の上になにかが覆い被さる。

ウグイだった。

そこで、地響きが起こる。

爆発。

もの凄《すご》い圧力に顔が押され、目を瞑った。

耳にもその圧力を感じる。

高いキーンという残響。

ウグイが飛び出していった。

僕の上には、空が広がる。

眩しすぎる。

音が聞こえた。

なんとか起き上がり、道路の方を見上げる。

煙が空へ立ち上っている。

「ウグイ!」僕は呼んだ。

まだ物音がしている。人の息遣いが聞こえる。

大型車の前面のガラスは割れていた。

もっと後方だ。

僕は、土手を上っていき、道路に立った。

大型車の後ろで、ウグイが、老人を押さえ込んでいる。彼は背中を上にして、片腕を後ろへ捻《ひね》り上げられ、唸っている。

「私のバッグに手錠があります」ウグイが僕に言った。「すみません、持ってきて下さい」

そのバッグというのは、ウグイが常に持っているものだ。バギィのシートの後ろに載せていたはず。

僕はバギィへ行く。焦《こ》げ臭《くさ》いものの、燃えているわけではない。しかし、シートは吹き飛び、フロントのウィンドシールドも変形している。もう走らないのではないか、と思えた。シートの後ろを探すと、バッグがあった。それを持ち上げ、ウグイのところへ戻る。

バッグの中には、銃があと二丁。それに、水筒のような形のもの。水筒かもしれないし、爆弾かもしれない。一番底に手錠が入っていた。僕はそれを彼女に手渡した。

ウグイは、彼の手首にそれをかける。

ウグイが押さえつけている男が、顔をこちらへ向けた、鬚面《ひげづら》のモレルだ。

「会ったことがあるな」モレルは、僕を見て言った。「この女は何者だ？　エジプトでは、わしを逮捕することはできん。フランス大使館に連絡してくれ」

「爆弾を投げて日本人を殺そうとした。殺人未遂です」ウグイが言った。「私は、エジプト政府に、この国での逮捕権を認められています。世界政府の権限を委譲されています。しゃべりたくなかったら、黙っていなさい」

「誤解だ。わしが爆弾を投げた？　なにかの間違いだ。証拠を見せろ。あとで泣くことになるぞ」

「黙秘する権利は認めます」ウグイはそう言うと、男の腕を捻る。

「痛い！　やめてくれ！　こんな……」

「黙りなさい」ウグイが言った。「撃ち殺しても良いと思っている」

「わかった、手荒なことはやめてくれ。私が誰かわかっているのか？」

「誰？　お爺《じい》さん」ウグイがきいた。

「ジャン・ルー・モレルだ」老人は言った。「名前を本部へ送ってみろ。どうすれば良いかきいてみろ」

「煩《うるさ》い!」ウグイは立ち上がり、モレルから離れた。彼女は僕に近づき、声のトーンを変えた。「先生、お怪我はありませんか?」

7

モレルは、地面に横たわったままだ。立ち上がることができないようだった。ウグイは、大型車のリアのハッチを開けた。広い荷物室に棺が収まっていた。ウグイが身軽に乗り込んで、その蓋を持ち上げる。

僕は、後部座席から、それを覗き込んだ。

棺の中には、たしかに、人が横たわっていた。

だが、ナクチュの王子ではない。

ウグイも驚いた顔である。予想外だったみたいだ。

「誰だ、これ」僕は呟いた。デボラに答を求めたのだ。

しかし、デボラも答えない。演算中なのか。

「死んでいる?」僕はウグイにきいた。

彼女は手を伸ばし、その首の辺りに触れる。

「冷たいですね」

「誰だろう?」僕はきいた。

「これは……、人間でしょうか?」ウグイがこちらを見た。

僕は、身を乗り出し、手を伸ばし、その顔に触れた。ウグイは死者の手を調べている。

「ロボットです」ウグイが言う。

人間の男性に似せたロボットだ。

「壊れているのかな……。どうしてこんなものを運んでいたのだろう」

「きいてみます」

ウグイは、後方へ出ていった。地面に倒れたままのモレルに近づき、足で彼の肩を押した。

「棺の中のあれは何?」

しかし、モレルは答えない。僕もクルマから出て、後ろへ回った。

ウグイは、モレルを起こす。彼女に助けられ、モレルはどうにか立ち上がった。躰がふらついているようだった。気落ちしたのだろうか。息を吸い、ふっと吐いた。

「悪いことは言わない。あぁあぁ、もうな、あんたらの勝ちだ」モレルは弱々しく言った。

「あのロボットは何ですか?」ウグイが質問する。

「知らない」モレルは、首をふった。「いや、名前は忘れてしまったよ。もう壊れているのか、動かない。古いもんだ」

「それは見ればわかります。何故これを運んでいるの？」

「これを買いにきた。大金と交換したんだ。ただの使い走りだよ。どういう価値のものかは知らない。本当だ。全然知らない」

「名前を忘れたと言いましたね」僕はきいた。「知らないのなら、忘れたとは言わないと思いますが」

「いや……、こいつは知っている。会ったことがあるからな。ほら、このまえの、あの子と一緒だった」

「え？　このまえの？　キガタのことかな」僕はきいた。

「とにかく、うーん、見逃してくれ。金は出す。これを街まで運ばせてほしい。頼まれているんだ」

「誰に頼まれているの？」ウグイがきいた。「どこへ運ぶつもり？」

「それは……」モレルは恐ろしいものを見るように、顔をしかめ、怯えたように身震いした。「悪魔妃《きさき》……」

　一瞬何を言ったのかわからなかったが、やや遅れて言葉を認識した。驚いたことに、それは日本語だった。

「あくま、きさき?」

「そう、私が王だった頃、あれは来た」

「メグツシュカのこと?」ウグイがきいた。

モレルは、ウグイを見た。目を見開き、口を開けた。唇が震え、言葉は出てこない。

「メグツシュカに頼まれて、これを取りにきた。街まで運ぶ……」ウグイが言う。

モレルは、ウグイを見て黙っていたが、否定はしない。まだ、怯えている表情だった。

「わかりました。では、一緒に運びましょう」ウグイは言った。

荷台に乗るように、とウグイはモレルに促した。彼は両腕を後ろに回したままで、棺の横に寝そべるように乗り込んだ。最後にウグイは、彼の足を押してから、ハッチを閉めた。

前列シートに散らばっていたフロントガラスの破片を、ウグイは手袋で払《はら》い除《の》け、運転席に乗り込んだ。バッグを中央に置く。僕は、反対側からステップに足を掛け、助手席に座った。この車両にはシートベルトがあった。しかし、フロントのガラスはない。爆破で割れたときの細かい破片が、まだ床に残っていた。

「あっちの車は?」僕は尋ねた。目の前に、小さなバギィがこちら向きで停まっている。

「自分で戻っていけるかな」

「動けば、戻っていくと思いますが」ウグイは言った。

こうしてみると、モレルが投げた爆弾は、小さなものだったことがわかる。近かったので驚いたが、被害は比較的小さかったといえる。殺人未遂というのは、少々厳しすぎるのではないか、とも思えてきた。南極で会ったときは、気さくな感じの老人だったのだ。彼が言ったとおり、メグツシュカに頼まれて、ロボットを運んでいるだけなのかもしれない。

「生体反応を調べて下さい」デボラが突然言った。

「え?」ウグイにも、その声が聞こえたようだ。彼女は、腕のポケットにあったサングラスをかけた。あれだけのアクションをして、壊れなかったのだろうか、と僕は思った。だとしたら、ヘビィ・デューティだ。

ウグイはサングラスをかけたまま、後方へ身を乗り出し、結局、後部座席に移った。

「棺の中? たしかに、生体反応が……」彼女は呟く。

「ロボットは、停止していますが、微弱な電流が検出されます」デボラが言った。これは、ウグイのセンサの情報をデボラが参照したのだろう。

「わかった。でも、とにかく行きましょう」ウグイはそう言いながら、運転席に戻ってくる。

車両のメインスイッチが入り、ダッシュボードにインジケータが灯る。モータ音とともに前進を始める。

「モニタが見えない」ウグイが呟いた。「フロントガラスに投影されるタイプだったんですね」

前から風が入るので、スピードも出せそうにない。すぐに寒くなってきた。ヒータのついた服装ではないことを、僕は後悔した。ビルディングが見えてきた頃には、空はすっかり紺色に変わっていた。しかし、まだ夜の暗さではない。

道順は、クルマに既にインプットされていたため、ウグイがステアリングから手を離しても、クルマは行くべきところへ向かう。後ろを振り返ると、いつの間にか、モレルが後部座席に座っていた。不自由なまま、荷物室から移動してきたのだ。老人にしては身軽である。

「ちょっと脅かそうと思っただけなんだ」モレルはぶつぶつと呟いている。「殺そうなんて思ってない。殺人未遂は、あんまりだ。酷すぎる。あれはな、あいつらに土産でもってきた爆弾だが、一つくすねて持っていただけなんだ。たまたまな、ポケットにあったから、おやって思ったよ。うん、三級品で、つまり品質が悪いだけだ。あんなに、大袈裟に爆発するとは思わなかった。なあ、えっと、マドモアゼル……、ここは、もう少し、人間どうし、話し合ってもよろしいのではないかな。お互いに損はないだろう。君は、日本でどれくらい稼いでいるんだね?」

どうやら、自分が投げた爆弾の話をしているようだった。罪を免《まぬが》れたい、ということらしい。

「これから、どこへ行くの？」ウグイが振り返って尋ねた。

「ホテルだよ。えっと、名前は、なんていったかな。この街で一番の……、まあ、高級ホテルっていうか……」

「そこへ、そのロボットを持っていくわけね？」

「そうそう、ただの使い走りってやつだな」モレルは苦笑いした。服装も汚れているし、とても資産家の紳士には見えない。

「誰に引き渡すの？」ウグイが追及した。

「いや、知らん。その、ただ、持っていくだけ。それで、仕事は終わり。フランスへ帰るつもりだ。これっぽっちも、悪いことはしていない。なにも知らん」

「政府軍に攻撃しないように連絡をしたのでは？」

「ん？　ああ、あれはな、イマンがやったことだ。ちょっと、知合いの大臣の連絡先を教えてやったからな。気を利かせてくれたんだろう」

「その大臣の連絡先を、今、ここで言えたら、信用できる」

「ああ、えっとな……、うーん、何だったかなぁ……、ああ、駄目だ、忘れてしまった。もう年寄りなんだ。ああ、うん、こういう大事なときに出てこない……」

交差点を左折し、高層ビルの敷地内へ入っていく。モレルが言ったとおり、ホテルのようだった。

ロータリィに入ると、ボーイが誘導してくれた。ロボットである。運転席側の横に近づく。フロントガラスがないのに、ウグイがサイドの窓を開けると、ボーイはにっこりと微笑んで言った。

「モレル様、お待ちしておりました。お連れの方は、地下駐車場でお待ちでございます。誘導に従って、お進み下さい」

大型車は、自動的に動きだし、奥へ進む。地下へ入るスロープを下っていき、カーブが終わると、またボーイのロボットが二人立っていた。どちらも、さきほどとほとんど同じ顔だ。白い歯を出して大袈裟に微笑んでいる。彼らの横のゲートが開き、中に入った。その後も、またカーブのスロープを下る。これが何度も続いた。

ウグイは警戒して、バッグから銃を取り出し、ドアの内側と、自分の脚の下に挟んだ。

「もしかして、私は来なかった方が良かったかもしれない」僕がそう呟くと、ウグイはこちらを見て微笑んだ。たぶん、ボーイの真似《まね》をしたつもりだろう。

スロープが終わり、広い空間に出る。柱が沢山ある地下駐車場だ。照明が灯っているが、明るいとはいえない。

真っ直ぐに進んでいく。

大きな高級車がそれぞれ距離を置いて駐車していた。

コーナを曲がる。

先に、少し明るい光。

ホテルへ入る入口らしい。表示の文字が輝いている。

その前を通り過ぎたところで減速した。

ホテルの入口に最も近いスペースに、リムジンというのだろうか、バスのように長い白いクルマが駐車されていた。僕たちが乗った大型車は、その二つ隣のスペースに前から入った。僕の側にリムジンがある。ほかに近い車両はない。人もいない。入口にはボーイの姿もなかった。

ウグイは、助手席の僕の前に身を乗り出し、窓の外を見ている。片手には銃。センサで見ているのだろう。リムジンに誰か乗っているようだ。

「銃を仕舞った方が良い、マドモアゼル」後部座席のモレルがいった。

「誰がいるの?」ウグイは、外を見たままきいた。

「悪魔妃」モレルが答える。

「今の発言を、逆再生すると、血か死か無か、になります」デボラが囁いた。

「どれかを選ぶことになるぞ。マドモアゼル、銃を仕舞いな……、逆らっちゃいかん……」モレルの嗄れ声が途切れた。

8

リムジンのドアが開く。

黒いスーツの男が出て、こちらを一瞥した。サングラスをかけている。白人で金髪。若そうだ。ウグイが銃を持っていることを確認したかもしれない。

その男は、リムジンの後方へ移動し、後部の大きなドアを開けた。

白いドレスの女が、脚を外に出す。前屈みになり、外に出た。真っ直ぐに立ち、こちらを向く。その顔を僕は知っている。ウグイも知っている。

マガタ・シキ博士だ。

ゆっくりとこちらへ歩いてくる。青い目が、僕にロックオンして、まるで躰が石にされたような気分になった。

こちらから三メートルほどのところで立ち止まった。

僕たちはクルマから降りた。ウグイはむこう側から回ってくる間に、銃を仕舞ったようだ。

「マガタ博士。お目にかかれて光栄です」僕は挨拶をした。このときほど、挨拶というものの存在をありがたく思ったことはないだろう。

「ハギリ・ソーイ博士」彼女は、視線をウグイに移す。「ウグイ・マーガリィさん。お手数をおかけしたようですね。感謝いたします。中にいるのは、ジャン・ルー・モレル。彼は、かつてイル・サン・ジャックの王、そして、ナクチュの王でもあった人。お恥ずかしい姿をお見せしたかもしれませんが、悪気はありません。あの歳になっても、悪戯がやみませんの。どうか、私に免じて、許してやって下さい」

「あの、棺に入っているロボットは、博士のものなのですか？」ウグイが尋ねた。

「はい、長く探しておりました。あれは、クジ・マサヤマ博士が作られたものです。もう、耐用年数を過ぎ、使える状態ではありません。けれど、私には価値のあるものなのです」

「私も、一つ伺いたいことがあります」僕は質問を絞り出した。「ヴォッシュ博士と、南極のスーパ・コンピュータを見てきました。モレル氏の研究所で稼働しているものです。あれは、その、社会の脅威になるようなことはありませんか？」

「隠れていたみたい。見つければ問題はなく、ご心配には及びません。小さなシステムを集め、前面で防御させていました。ハギリ博士たちが立ち寄られたおかげで、その防御が崩れ、よく見えるようになりました。ジャン・ルー・モレルも、見つかりました。私から隠れていたのです。出てきなさい」

ウグイが、大型車の後部ドアを開けた。シートの上にモレルは乗っていた。頭をシートに押しつけている。土下座をしているような格好だ。震えているのがわかる。ウグイが手を貸して、老人をそこから降ろす。彼は、アスファルトに再び膝をつき、また同じ格好で頭を下げた。

「マイカ、お久しぶりね。顔を見せて」マガタが言った。

モレルは、震えながら顔を上げる。

マガタは、彼に近づき、睨みつけたあと、ふっと微笑んだ。その瞬間、モレルがぶるっと震える。

「お前の顔が見たかったの。ああ、今日はとても愉快」マガタは向きを変え、僕の方を向いた。

「それでは、棺はいただいていきます」

リムジンの中から、二人の男が出てきた。さきに現れた一人とほとんど同じに見える。ロボットだろうか。彼らは、こちらのクルマに無言で近づき、リアのハッチを開けて、棺を手前に引き出した。蓋を開けて確かめることもなく、さらに引き出すと、二人で持ち上げ、リムジンの方へ運んだ。リアのトランクが開き、その中に棺を押し入れる。かなりの重量があるはずだが、まったくそんなふうには見えない作業だった。

「あの、マガタ博士」ウグイが一歩近づいた。「ナクチュの王子は……、盗まれた生体は、どうなったのでしょうか?」

おそらく、ウグイは、棺の中身が王子だと考えていたのだろう。

「私は知りません。モレルにおききになるとよろしいわ」マガタは、答える。

「でも、生体反応がありました。ロボットだけではないはずです」ウグイが食い下がる。

「あれは、ロボットではありません。ウォーカロンです」

「え？　あれが、ウォーカロン？」ウグイが眉を顰める。

「ハギリ博士」マガタは、僕の方へ視線を移す。「では、これで失礼いたします。いつかまた、お話ができることを希望します」

「はい、もちろん。あの、いつでも……」

三人の男のうち二人はもうリムジンに乗ったようだ。残りのもう一人が、後部のドアを開けて待っている。マガタは、そちらへ歩き、もう一度、僕たちの方へ向き直り、一礼してから乗り込んだ。男は、すぐにドアを閉めると、前の席に乗り込んだ。

リムジンは、音もなくスタートし、駐車場を真っ直ぐに遠ざかる。タイヤの音だけが、スロープのカーブへ入ったところで響いた。

僕は、久し振りに呼吸を思い出したように、大きく溜息をついた。

「先生、どうしますか？」ウグイが横に立っていた。

「どうしようって、どうしようもないよ」僕は答える。「モレル氏は？」

ウグイは彼を振り返った。「エジプト警察には、連絡をしましたので、まもなく、ここへ来ると思います」

「引き渡す？」

「そうです」ウグイは頷く。

「それが良い」アスファルトに座っていたモレルが高い声で言った。「ああ、命拾いをした。あいつに会うと、生きた心地がしない」

「あの人が、メグツシュカ？」ウグイがきいた。

モレルは、大きく息を吐いたあと、上目遣いでウグイを見据え、無言で頷いた。

「ウォーカロンには見えませんでした。触った感じも」ウグイは僕に囁いた。

棺の中のロボットのことだろう。それは、僕も同意見だ。しかし、百年まえのウォーカロンであれば、話は合う。

「おそらく、キョートの事件に関連があるんだろう」僕は小声で話す。モレルに声が聞こえないようにしたつもりだ。彼が日本語を解さない保証はない。「行方不明のウォーカロンがエジプトに渡った、とあった」

「それが、あれだったのですか……」ウグイは頷いた。話がつながったのだろう。「でも、そんな昔のウォーカロンだとしたら、つまり、メカニカルなロボットではありませんか？」

「うん。生体反応が、説明できない？」

「はい」

「測定ミスかもしれない」

ウグイは眉を顰める。彼女は、モレルのところへ戻り、彼の前で膝を折った。

「王子の生体は、どこへ行ったの？」彼女はきいた。「貴方が、盗ませたのでしょう？」

「あれは息子だ」モレルが言う。

「え？　では……、誰が彼を殺したの？」

モレルは、しばらくウグイを見つめていたが、僕をちらりと見たあと、今度は、下を向いた。

「貴方が殺したの？」

モレルは頷く。

「首を絞めた？」

モレルは、もう一度頷いた。

「それで、彼がそれを証言するかもしれない、と考えて、盗み出した？」

モレルは、顔を上げた。

「そう……。あんたは正しい。マドモアゼル」嗄れ声が言葉を絞り出した。「もう、ずっとずっと、昔のことだ。忘れちまったことにすれば良い。ふん。どうして、思い出した？　さあね」彼は笑いながら首をふった。「わからん。でも、あれは、息子なんだ。大事な、息子なんだ。生きているなら、また話がしたいと思った。いけないかね？　だが、死んでしまったんだ。スリラみたいに生き返らなかったんだ。人間ってのは、そういうもんだ。死んだら、もう、話をしてくれない。目を開けてくれない。だから、百年も経っても、忘れない。いつまでも、あいつの可愛《かわい》い顔が、目に焼きついて、いつまでも、いつまでも、忘れられない。もう、死んだ方が良いかね？　マドモアゼル。悪魔妃にあれを渡したら、あの爆弾で死のうと思っていたんだよ。すまなかった、許してくれ。君たちを殺そうとしたんじゃないんだ」

「わかった」ウグイは頷き、立ち上がった。

彼女は、モレルの後ろへ回り、手錠を外した。それから、クルマの中から自分のバッグを引っ張り出し、手錠をそこに仕舞った。

「警察が来るまえに、逃げますか？」ウグイは、モレルにきいた。

「心配いらない」モレルはにやりと笑った。「エジプトでは、捕まらない」

「死にたいんじゃないの？」

モレルは、髭の間から白い歯を見せて笑った。

ウグイは僕の方へ歩いてきて、行きましょう、と言った。

僕たちは、ホテルの入口から入り、エレベータに乗った。モレルはついてこない。そのまま別れた。

エレベータのドアが閉まり、上昇し始める。

「さっきと同じ質問」僕はウグイに言った。「私は、何のためについてきたんだろう？　君だけで来れば、もっと簡単だったのでは？」

「日本からのことですか？　それとも、さきほどの前線基地からのことですか？」

「前者は、私が希望した。後者は、君が来いといったように思う」

「当然です。先生から離れることはできません」ウグイが言った。

僕は、しばらくその言葉を考えた。デボラがなにか言いそうな気がした。でも、なにも言わない。

「基地にいた方が安全だったような気がする。デボラ、そうでは？」

デボラは答えない。ここがオフラインのはずはない。

「手錠をバッグから出す人が必要だったからです」ウグイは答えた。

僕は、そこで吹き出してしまった。

エレベータのドアが開く。ホテルのロビィのようだ。鏡のような反射率を誇る床材で、すべてがネガティヴに映っている。入口から、数名の警官が入ってくるところだった。きょろきょろと辺りを見回している。

「警察です」デボラが言った。

「そのくらい、見たらわかる」僕は笑いながら呟いた。

「日本に帰ります」ウグイは笑っていない。しかし、口許を少し緩めた。「任務は終了しました」

「どうやって帰るの?」僕はきいた。

ウグイは、僕を二秒ほど見たあと、上を見て答えた。

「デボラ、考えて」

「演算中です」デボラが言った。

「そんなに難しい問題?」ウグイは不満そうだった。

「博士、日本に帰りたいですか、それとも、このホテルで一泊されますか?」デボラがきいた。僕にだけ聞こえる声で。

エピローグ

二日後に聞いた話では、モレルはフランスに送還され、本国で警察の取調べを受けている、とのことだった。また、彼の供述から、その翌日、行方不明だった生体が発見された。王子は生きていた。四国の小さな病院の一室で、簡易な生命維持装置が、彼を延命させていたらしい。意識は戻っていない。盗み出されたときと、同じ状態である。もちろん、研究所に戻され、精密検査を受けることになるだろう。行方不明だった三人の職員は、出国したことが判明し、国際指名手配となったそうだ。

おそらく、次の委員会でこの報告を聞くことになる。王子が行方不明のままであれば、どうすれば良いのかを話し合う会議になっていたのだから、それに比べれば、多少は気が楽になった。しかし、どうせなら委員会自体を中止にしてもらいたいところである。それが僕の素直な感想だ。

数日間、時間を見つけては、古い文献を調べた。クジ・マサヤマ博士の論文の大部分に、ざっとではあるが、目を通すことができた。彼は、クローン技術に関する権威だった。細胞から、生体を再生する技術である。また、頭脳を電子回路とリンクさせる実験を数多く行っている。これらは、もちろん動物を使ったものだ。しかし、当然、人間にも応用できるだろう。僕がまっさきに思いついたのは、テルグのカプセルである。百年まえには、まだ技術的な難題が山積していたし、さらには、クローン技術と同様に、倫理的な理解を得難いテーマであったはず。

キョートの事件では、サエバ・ミチルの頭部がない死体が見つかっている。そもそも、サエバ・ミチルの頭部は、クジ・マサヤマの孫であるクジ・アキラのボディに移植された、と資料に記されている。これが真実かどうかはわからないが、首なし死体は、クジ・アキラだったのだ。そして、その頭部は行方不明になっている。さらに、クジ・マサヤマは、ウォーカロンの捜索願を警察に出した。

これらをつなぎ合わせると、一つの可能性が見えてくる。

当初、そこまでは考えが及ばなかったのだが、一度、もしかして、と発想してしまうと、もうそれ以外にありえない、と思えるほどの確信となった。

つまり、クジ・マサヤマは、クジ・アキラのボディにサエバ・ミチルの頭脳を移植し、そのあと、ウォーカロンのボディに、またサエバ・ミチルの頭脳を移植したのだ。だから、首なしの死体が発見された。拒否反応なのかもしれない。なんらかの不具合があって、人体が危険な状態になったのではないか、と想像できる。もしかしたら、殺人事件などなかった、とも考えられる。犯人は見つかっていないのだ。

メカニカルなウォーカロンに、生きた人間の頭脳を移植する技術は、当時、実験的な段階だったはず。ただ、試みは幾つか存在している。法律は未整備だったのだ。その後に、ほぼ禁止の方向へ進む。ウォーカロンは、ロボットのままで良い、という判断があったからだ。そういった過渡期だったのである。

あの棺の中にあったものが、クジ・マサヤマが探していたウォーカロンだったとすれば、その体内に人間の頭脳が格納されていたことになり、生体反応があったのはそのためだ、と解釈できる。ロボットの大部分は機能停止していても、エネルギィを供給し、培養液を取り替えていれば、脳細胞は生き続けることができる。そして、それは、サエバ・ミチル、すなわち、マガタ・シキの子供の頭脳だ。娘と記述されているものもあるが、ミチルは男性だったとの記録も見られる。いずれなのか、断定は難しい。

マガタ・シキ博士が、私には価値があるもの、と言ったことの説明になっている。彼女は、百年まえに、フランスでサエバ・ミチルに会っているのだ。そのときには、クジ・アキラのボディだったはずだが、あるいは、ウォーカロンの姿だったかもしれない。

ネガティヴ・ピラミッドから盗まれたイマンは、再び政府軍に戻った。グループに投降を呼びかけた働きで、ガミラは刑を軽減されたらしい。ただ、イマンが把握していた反政府グループのうち一名が行方不明となっている。その人物は、洞穴から出ていない。おそらく、秘密の経路を使って奥へ逃げたものと推測されているが、現在のところ、その経路は発見されていない。

一方、アミラを通じて伝わってきた情報もある。

マガタ博士は、捜し物がエジプトのどこにあるのかを突き止められなかったが、つい最近になって、それをイマンが教えた、というものだ。この意味をデボラに詳しく尋ねると、つまり、こういった経緯だったらしい。

イマンは、長くオフラインになっていた。ネガティヴ・ピラミッドの中では、公式のネットワークに接続されていなかったからだ。しかし、以前、そこは武装集団のアジトであり、そこに例のロボット、すなわち、メカニカル・ウォーカロンがいた。まだ稼働していたらしく、ちょっとした作業の手伝いをしていた。グループは投降したが、その直前に多数がそのアジトを離れ、ロボットも別の場所に移った。

このイマンがオフラインだった期間に、電子空間の情勢は一変した。それは、アミラが再稼働したことに端を発し、フランスのベルベットが停止、また、北極ではオーロラが浮上した。アミラの連合勢力が盛り返したことが、南極のクリスティナを追い込むことにもつながったのである。

そんななか、イマンは、かつてのグループによって、再びオンラインとなった。ここで、情勢が変化したことを知り、アミラとの間でやり取りがあった。マガタ・シキ博士が探しているロボットの居場所が判明したのである。そのロボットは、グループ内で働いていたが、現在は故障して動かなくなった。アミラからは、そのロボットの電源を切るな、との指示があった。イマンは、それに従った。そこへ、モレルが現れた、というわけである。

モレルは、アミラの指示で動いていた。彼が自分のことを、使い走りと呼んだのは、そのとおりの表現だったことになる。また、これらのことは、王子の生体盗難事件とはまったく無関係だった。アミラもその件を知らなかった。

モレルは、単に、息子殺しが暴かれることを恐れていたのだろう。あるいは、息子に対する愛情から、自分の手許《てもと》に置いておきたい、と考えたのかもしれない。金を使って、職員を買収し、生体を盗み出した。しかし、モレルは日本には来ていない。まだ、息子には会えないままである。

*

キガタは、一週間後に復帰し、僕の部屋へ挨拶にきた。まえとまったく変わりはない。それはもちろん、そのはずである。ポスト・インストールされたウォーカロン特有の頭脳回路が取り除かれた。これは、物理的な電子回路ではなく、ソフト的なプログラムで構築されるストラクチャであるから、履歴を辿って元に戻すのに時間がかかったのだ。一部の記憶が失われる危険性も指摘されているが、キガタには、そういった症状も自覚もない、との結果を既に昨日聞いていた。

「どう？　すっきりした？」僕は冗談で尋ねた。

「いいえ」キガタは首をふった。「まったく、わかりません。ほとんどの時間、眠っていました。あっという間のことで、何が変わったのかもわかりません。さきほど、この一週間に何があったのかを聞きました」

「そう、なんかね、全部解決した感じがする。すっきりしたのは、私の方かな」

「また、エジプトに行かれたのですね」

「そう。そうなんだ。どうして私が行ったと思う？」

「先生が、どうしてもとおっしゃったと聞きました」

「ウグイがそう言った？」

「はい」

「あそう……」僕はそこでふっと吹き出した。「それは、面白い」

「どうして、面白いのですか？」

「そうじゃないんだ。ウグイが、どうしても一緒に行きたい、と懇願《こんがん》したんだよ」

「本当ですか？」

ドアが突然開いた。

「ノックしなくて、すみません」ウグイが立っていた。「間違った情報は、なるべく早めに取り消していただきたいと思います」

「うーん、まあ、人間の記憶なんてものは、その程度のものだってことだよ」僕は笑った。「何、どうしたの？」

「デボラからお聞きではありませんか？」

「いや、なにも」

「ドイツのチームからレポートが届きました。私には何のことかわからないのですが、そのまま読みます」ウグイは言った。といって、手になにか持っているわけではない。その代わり、顳顬に片手を当てた。彼女の目に映し出した文章を読もうとしているのだ。

「イマンは、空調ダクトを通して外部と連絡を取っていた、と供述した。それは、ピラミッドに移されたのちに、彼女が独自に築いた通信経路で、この存在は、ガミラも知らない。誰にも話したことはない、と証言している。スタッフが、これを確かめるための実験を行った。イマンは、スピーカを駆動し、空気の圧力変化で入出力を行った。低周波の音とほぼ同様である」ウグイはそこで片手を離した。「先生、意味がわかりますか？」

「よくわかる。なるほどね……、考えたなぁ」僕は溜息をついた。

「誰が考えたのですか？」ウグイが尋ねる。

「イマンだよ」僕は答えた。「キガタには、わかるだろう。見てきたのだから」

「はい、わかります。イマンの部屋の空調と装置の冷却のために、ダクトがつながっていました」キガタは話す。「発電機はドイツのチームが持ち込んだものでしたが、空調機は以前からあるものだと聞きました。その空調機をトランスファがコントロールして、イマンと通信ができたわけですね？」

「そう、うん、満点だ」

「何ですか、マンテンって」ウグイがきいた。

「テストの点数のこと」

「ああ……」ウグイは小さく頷いた。「馬鹿みたい」

「え？」

「なんでもありません」ウグイは表情を変えない。「あと、私のバッグを、キガタの退院祝いにプレゼントしました」

「バッグ？　あ、あの重いバッグを？」僕は尋ねる。

「重いのは中身です。あれは、けっこうなブランド品なのです。安いものではありません」

「さきほど、いただきました」キガタが小声で言った。「中身は、自分で選び、これから入れて、持ち歩きたいと思います」

「そんなお古をもらわなくても……」

「いいえ、これが、ここでの慣わしなのです」

「ならわし?」

「ご存じないですか?」

「言葉は知っているけれど、そんなものが、情報局にあるの?」

「はい」ウグイは頷いた。「実は、私もあれを先輩から譲り受けました」

「あ、そう、それはそれは……」僕は、苦笑いするしかなかった。「なんという古風な」

「もう一つ、忘れていました」ウグイが言う。「あの、岩山のアジトで、反政府グループに、一人だけ行方不明者がいました……」

「あ、見つかった?」僕はきいた。

「はい……、見つかったというよりは、勘違いだったことが判明しました。イマンは、一人の仲間として彼を認識していたようですが、その名前が、キョートの事件当時の資料を検索し、行方不明になったウォーカロンと一致することがわかりました。つまり、一人いなくなったのは、棺で運び出されたロボットだったのです。イマンは、ロボットの中の人間の頭脳を一人、そして、ロボットも一人と数えていたのです」

「イマンは、目が見えないからね。二人として扱っていたんだ。あのロボットは、何ていう名前だったの? 日本名だった?」

僕が尋ねると、ウグイは顳顬に片手を持っていく。しかし、途中で思い出したようだ。

「ロイディという名だったそうです」

森博嗣著作リスト

（二〇一八年二月現在、講談社刊）

◎S&Mシリーズ

すべてがFになる／冷たい密室と博士たち／笑わない数学者／詩的私的ジャック／封印再度／幻惑の死と使途／夏のレプリカ／今はもうない／数奇にして模型／有限と微小のパン

◎Vシリーズ

黒猫の三角／人形式モナリザ／月は幽咽のデバイス／夢・出逢い・魔性／魔剣天翔／恋恋蓮歩の演習／六人の超音波科学者／捩れ屋敷の利鈍／朽ちる散る落ちる／赤緑黒白

◎四季シリーズ

四季　春／四季　夏／四季　秋／四季　冬

◎Gシリーズ

φ《ファイ》は壊れたね／θ《シータ》は遊んでくれたよ／τ《タウ》になるまで待って／ε《イプシロン》に誓って／λ《ラムダ》に歯がない

／η《イータ》なのに夢のよう／目薬α《アルファ》で殺菌します／ジグβ《ベータ》は神ですか／キウイγ《ガンマ》は時計仕掛け／χ《カイ》の悲劇／ψ《プサイ》の悲劇（二〇一八年五月刊行予定）

◎Xシリーズ

イナイ×イナイ／キラレ×キラレ／タカイ×タカイ／ムカシ×ムカシ／サイタ×サイタ／ダマシ×ダマシ

◎百年シリーズ

女王の百年密室／迷宮百年の睡魔／赤目姫の潮解

◎Wシリーズ

彼女は一人で歩くのか？／魔法の色を知っているか？／風は青海を渡るのか？／デボラ、眠っているのか？／私たちは生きているのか？／青白く輝く月を見たか？／ペガサスの解は虚栄か？／血か、死か、無か？（本書）／天空の矢はどこへ？（二〇一八年六月刊行予定）／人間のように泣いたのか？（二〇一八年十月刊行予定）

◎短編集
まどろみ消去／地球儀のスライス／今夜はパラシュート博物館へ／虚空の逆マトリクス／レタス・フライ／僕は秋子に借りがある　森博嗣自選短編集／どちらかが魔女　森博嗣シリーズ短編集

◎シリーズ外の小説
そして二人だけになった／探偵伯爵と僕／奥様はネットワーカ／カクレカラクリ／ゾラ・一撃・さようなら／銀河不動産の超越／喜嶋先生の静かな世界／トーマの心臓／実験的経験

◎クリームシリーズ（エッセイ）
つぶやきのクリーム／つぼやきのテリーヌ／つぼねのカトリーヌ／ツンドラモンスーン／つぼみ茸ムース／つぶさにミルフィーユ

◎その他
森博嗣のミステリィ工作室／100人の森博嗣／アイソパラメトリック／悪戯王子と猫の物語（ささきすばる氏との共著）／悠悠おもちゃライフ／人間は考えるFになる（土

屋賢二氏との共著）／君の夢　僕の思考／議論の余地しかない／的を射る言葉／森博嗣の半熟セミナ　博士、質問があります！／庭園鉄道趣味　鉄道に乗れる庭／庭煙鉄道趣味　庭蒸気が走る毎日／ＤＯＧ＆ＤＯＬＬ／ＴＲＵＣＫ＆ＴＲＯＬＬ

☆詳しくは、ホームページ「森博嗣の浮遊工作室」
(http://www001.upp.so-net.ne.jp/mori/) を参照

冒頭および作中各章の引用文は『〔新訳版〕一九八四年』〔ジョージ・オーウェル著、高橋和久訳、ハヤカワ文庫〕によりました。

講談社
タイガ

〈著者紹介〉

森 博嗣（もり・ひろし）
工学博士。1996年、『すべてがＦになる』（講談社文庫）で第１回メフィスト賞を受賞しデビュー。怜悧で知的な作風で人気を博する。「Ｓ＆Ｍシリーズ」「Ｖシリーズ」（共に講談社文庫）などのミステリィのほか『スカイ・クロラ』（中公文庫）などのＳＦ作品、エッセイ、新書も多数刊行。

血《ち》か、死《し》か、無《む》か？

Is It Blood, Death or Null ?

2018年２月20日　第１刷発行　　　定価はカバーに表示してあります

著者……………………………森《もり》 博《ひろ》嗣《し》

発行者…………………………鈴木　哲
発行所…………………………株式会社 講談社
〒112-8001 東京都文京区音羽2-12-21
編集03-5395-3506
販売03-5395-5817
業務03-5395-3615

本文データ制作……………講談社デジタル製作
印刷……………………………株式会社ＫＰＳプロダクツ
製本……………………………株式会社国宝社
カバー印刷…………………慶昌堂印刷株式会社
装丁フォーマット…………ムシカゴグラフィクス
本文フォーマット…………next door design

ISBN978-4-06-294099-3　N.D.C.913　298p　15cm

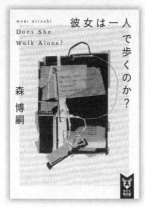

講談社
タイガ

Wシリーズ

森 博嗣

風は青海を渡るのか？

The Wind Across Qinghai Lake?

イラスト
引地 渉

聖地。チベット・ナクチュ特区にある神殿の地下、長い眠りについていた試料《スペサミン》の収められた遺跡は、まさに人類の聖地だった。ハギリはヴォッシュらと、調査のためその峻厳《しゅんげん》な地を再訪する。

ウォーカロン・メーカＨＩＸの研究員に招かれた帰り、トラブルに足止めされたハギリは、聖地以外の遺跡の存在を知らされる。

小さな気づきがもたらす未来。知性が掬《すく》い上げる奇跡の物語。

講談社タイガ

Wシリーズ

森 博嗣

デボラ、眠っているのか？

Deborah, Are You Sleeping?

イラスト
引地 渉

祈りの場。フランス西海岸にある古い修道院で生殖可能な一族とスーパ・コンピュータが発見された。施設構造は、ナクチュのものと相似。ヴォッシュ博士は調査に参加し、ハギリを呼び寄せる。

一方、ナクチュの頭脳が再起動。失われていたネットワークの再構築が開始され、新たにトランスファの存在が明らかになる。拡大と縮小が織りなす無限。知性が挑発する閃きの物語。